GUERREIRO

GLADIADORES GALÁCTICOS LIVRO 2

ANNA HACKETT

Translated by

ANDRÉIA BARBOZA

Guerreiro

Série Gladiadores Galáticos — Livro 02

Anna Hackett

Copidesque da tradução: Luizyana Poletto.

Capa: Melody Simmons — BookCoversCre8tive

ISBN (ebook): 978-1-922414-14-4

ISBN (paperback): 978-1-922414-15-1

Título original: *Warrior*

ISBN (ebook): 978-1-925539-06-6

ISBN (paperback): 978-1-925539-11-0

Texto revisado segundo o novo Acordo Ortográfico da Língua Portuguesa.

Este livro é uma obra de ficção. Nomes, personagens, lugares e incidentes são produtos da imaginação do autor ou foram usados de forma fictícia e não devem ser interpretados como reais. Qualquer semelhança com pessoas, vivas ou mortas, eventos reais, localidades ou organizações é inteiramente coincidência.

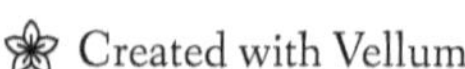

Created with Vellum

CAPÍTULO UM

O rugido da multidão era eletrizante.

Regan Forrest sentiu os pelos de seus braços se arrepiarem. Ela podia sentir a excitação e a energia vibrarem da multidão sentada nas arquibancadas ao seu redor. Algumas pessoas estavam cantando, outras gritando os nomes dos seus gladiadores favoritos e esperando a luta começar.

Enquanto examinava a enorme e antiga arena de pedra, ela quase podia imaginar que estava sentada no Coliseu, na Roma Antiga. Mas então ela piscou e viu as diferentes espécies alienígenas nos assentos. Ouviu o rugido dos motores quando uma nave gigante disparou, decolando do espaçoporto próximo.

Não, ela não estava nem perto da Terra.

Foi sequestrada por traficantes de escravos alienígenas e transportada para o outro lado da galáxia.

A pedra quente da Arena Kor Magna podia ser antiga e desgastada por centenas de anos de lutas de gladiadores, mas ao seu redor, as pessoas seguravam dispositivos de alta tecnologia: comunicadores, binóculos e sabe-se lá o que mais. A maior parte da tecnologia não pareceria fora de lugar na estação espacial em que ela trabalhava.

Correção. Onde ela *trabalhou.* Engoliu em seco, apertando a garganta. A Estação Espacial Fortuna, que orbitava Júpiter, provavelmente nem existia mais depois que os thraxianos a atacaram. Regan ainda não conseguia acreditar que ela passou de botânica a escrava em um piscar de olhos.

Você está livre agora, Regan. Ela olhou para cima. Livre, mas ainda há anos luz da Terra e sem ter como chegar em casa. Piscou quando luzes estroboscópicas atingiram seus olhos. As luzes da arena estavam sendo acesas, mesmo que o sol ainda não tivesse se posto. *Correção.* Sóis. Ela observou os enormes sóis duplos de Kor Magna afundando nas paredes da arena, seguindo em direção ao horizonte do planeta deserto.

Tudo se fechou ao seu redor. O barulho ecoou em sua cabeça, deixando-a desorientada. Seu coração disparou e ela se remexeu na cadeira, tentando se acalmar. Os thraxianos a mantiveram trancada em uma cela na nave deles por tanto tempo que agora, estar sentada ali e cercada por milhares de pessoas gritando era demais. Ela sentiu uma gota de suor escorrer pela sua espinha e, mais uma vez, olhou para o céu. Mas os dois sóis gigantes apenas a fizeram se lembrar de que ela não estava na Terra e nunca mais estaria.

— Você está bem, Regan?

A voz ao seu lado aliviou instantaneamente a pressão em sua cabeça. Ela sorriu para sua amiga Harper e lembrou a si mesma que não importava o quanto as coisas parecessem ruins, ela não estava sozinha.

— Vou ficar. — Ela assentiu em direção às arquibancadas. — Isso é muito louco, não é?

A amiga sorriu e bateu o ombro contra o de Regan.

— É insano. Mas você vai se acostumar. — Os olhos de águia de Harper se voltaram para o chão coberto de areia da arena e a antecipação era visível em seu rosto. — As lutas podem ser brutais, mas não há dúvida de que também são incríveis.

Regan conseguiu assentir. Harper era sua melhor amiga e a fuzileira espacial também havia sido sequestrada da estação. Mas enquanto Regan ainda estava tentando ganhar o peso que tinha perdido no cativeiro e lidar com esse estranho mundo novo, Harper parecia estar... ótima.

Com seu corpo esguio e atlético, e cabelos escuros e lisos, Harper estava brilhando. Ela usava calça de couro escuro e um colete também de couro que mostrava seus braços tonificados, bem como as lindas tatuagens alienígenas no braço esquerdo.

Um símbolo de que um dos gladiadores grandes e fortes que estava prestes a entrar na arena a havia reivindicado.

Regan ainda não conseguia acreditar que sua amiga havia se apaixonado por um gladiador alienígena, mas não podia contestar o fato de que Harper havia encontrado seu lugar aqui, em Kor Magna. Ela encontrou uma casa, um lugar na arena e amor. Não estava apenas sobrevivendo, estava prosperando.

E talvez Regan também pudesse fazer isso.

Ela se remexeu no lugar novamente. Talvez. Galen, o Imperador da Casa de Galen, a acolheu quando Harper e seus gladiadores a resgataram. O homem intimidador era responsável por tudo em sua Casa. Ele lhe deu um quarto para ficar e, recentemente, outro pequeno espaço onde ela montou um laboratório. Estava ficando louca sem fazer nada e ao contrário de Harper, que tinha treinamento em segurança e combate, Regan não conseguia nem segurar uma espada, muito menos lutar na arena.

Analisar algumas das fascinantes substâncias alienígenas que ela encontrou estava mantendo a sua sanidade. O laboratório era seu pequeno oásis no meio do caos.

Por um breve segundo, ela pensou em seus pais na Terra. Eles sentiam sua falta? Estavam sofrendo por ela? A dor queimou seu coração. Provavelmente não. Seus pais a haviam repudiado muito antes de ela ter sido abduzida.

Os gritos da multidão se elevaram a níveis ensurdecedores. Ao redor deles, muitas pessoas se levantaram, balançando as mãos.

— Lá vem eles — Harper avisou.

Elas estavam sentadas nos lugares designados para a Casa de Galen, bem perto do chão da arena. Regan teve a visão perfeita quando os gladiadores entraram.

Sentiu uma pontada de excitação. Sabia quem estava esperando.

Saff entrou primeiro. A gladiadora tinha tudo: corpo musculoso, pele escura e acetinada, e cabelos pretos que estavam presos em inúmeras tranças. Ela levantou um braço acima da cabeça, acenando para a multidão. A outra mão segurava algo pequeno. Regan sabia que a arma escolhida por Saff era um tipo especial de rede. Também tinha uma espada curta presa ao cinto.

Todos os gladiadores da Casa de Galen lutavam em pares e o parceiro de Saff a seguia. Kace era tão definido quanto os demais gladiadores. Tinha a pele bronzeada e usava uma meia armadura de couro sobre o ombro direito e o bíceps musculoso. Ele tinha um rosto bonito e rígido. Ele acenou para a multidão enquanto segurava seu longo bastão de metal em uma mão.

Outro par de gladiadores apareceu. Regan não conhecia esses dois, mas ambos eram altos. Lore era muito mais magro, com longos cabelos pretos, enquanto seu parceiro, Nero, era um gladiador enorme como uma montanha. Lore se virou e jogou algo para cima. Uma pequena nuvem de fumaça se levantou antes que fogos de artifício brilhassem no céu.

A multidão aplaudiu, e Nero fez uma careta.

Lore era ilusionista e usava seus truques para encantar a multidão. Ele disse a Regan que tudo o que acontecia na arena era apenas um grande show.

Então, a última dupla de gladiadores da Casa de Galen saiu do túnel e entrou na arena. O rugido da multidão explodiu.

Ao seu lado, Harper assobiou. Regan olhou para Raiden primeiro. Cada centímetro tatuado e rígido de seu corpo. Ele usava tiras simples de couro no peito, presas a uma capa vermelha que caía pelas costas. Tatuagens em tinta preta cobriam seus braços e peito. Ele era uma visão imponente, o campeão da arena e amado por todos os espectadores. O gladiador nem olhou para a multidão. Estava lá para lutar.

Então Regan *o* viu.

O parceiro de Raiden era um grande guerreiro chamado Thorin.

Os ombros eram grandes e largos e o peito duro estava coberto por tiras de couro escuro cruzadas. Ele era todo musculoso e seu rosto robusto era destacado pela cabeça raspada. Ele sorriu para a multidão, levantando um machado enorme em uma mão.

Ele tinha mãos grandes. Ásperas. Ela observou essas mãos de perto quando ele a carregou para fora da nave thraxiana. E as observou bastante nas últimas semanas, quando se estabeleceu na Casa de Galen.

Thorin se exibiu para a multidão, girando em um círculo lento. Ela observou suas costas. A calça de couro marrom escuro grudava em seu corpo. O homem tinha uma bunda magnífica e pernas grossas como troncos de árvores. Ele era muito masculino, forte e um pouco selvagem. Ele a fascinava.

Regan se remexeu em seu assento. Depois de duas semanas na Casa de Galen, ela sabia que estava segura. Não estava mais presa em uma cela, morrendo de fome ou sendo espancada. Sentia como se estivesse acordando de um pesadelo e voltando lentamente à vida.

Olhar para Thorin fez com que outra coisa dentro dela voltasse à vida também.

Ele terminou seu círculo e parou. Foi quando ela percebeu que ele a estava olhando.

Quando seus olhares se conectaram, Regan sentiu um zumbido de eletricidade atravessá-la. Levantou a mão em saudação.

Ele deu um breve aceno antes de se virar para se juntar aos outros gladiadores.

Regan soltou um suspiro trêmulo. Era uma cientista sensata e tinha sido criada por pais rigorosos, sempre preocupados com o que os vizinhos pensavam. Nunca, em toda a sua vida, ela sentiu vontade de escalar o corpo enorme e musculoso de um homem e envolver as pernas em sua cintura, mas agora ela sentia. Ah, sentia mesmo.

As vozes dos apresentadores ecoaram pela arena e, graças ao dispositivo tradutor de idiomas que os thraxianos haviam implantado em sua cabeça, ela não teve problemas para entender suas palavras.

Os concorrentes entraram na arena.

Ao ver os gladiadores adversários saindo do túnel no lado oposto, seus músculos se contraíram.

Hoje à noite, a Casa de Galen ia lutar contra seus maiores rivais: a Casa de Thrax.

Os mesmos alienígenas que haviam sequestrado Regan, Harper e muitos outros de Fortuna. As mãos dela se contorceram. Ela sabia que sua prima, Rory, engenheira da estação espacial, estava aqui em algum lugar. Ela era prisioneira dos thraxianos, mas foi escondida antes que pudesse ser resgatada.

Vamos te encontrar, Rory. Prometo. Harper também tinha visto a comandante civil da estação espacial, Madeline Cochran, ser sequestrada. Mas até agora, apesar dos melhores esforços dos gladiadores da Casa de Galen, não havia sinal das duas.

Regan tentou respirar, apesar de sentir os pulmões contraídos. Seu olhar se concentrou nos gladiadores. Nem todos os da Casa de Thrax eram thraxianos, mas alguns, sim. Ela os identificou com facilidade. Pareciam demônios. Corpos maciços cobertos de pele marrom-escura, um conjunto de chifres afiados que se projetavam do alto de suas cabeças e pequenas presas em ambos os lados da boca. Mesmo a essa distância, ela viu o brilho fraco das veias alaranjadas sob a pele deles.

Por um segundo, a arena desapareceu e Regan voltou à sua cela. Seu estômago revirou e ela pensou que poderia vomitar. Então ela piscou e viu Thorin a observando novamente. Quando seu olhar se voltou para os gladiadores thraxianos e mais uma vez para ele, ela viu o rosto do gladiador endurecer.

Os thraxianos adoravam força e poder acima de tudo, e não viam nada de errado em ser cruéis com os que estavam abaixo deles. Como uma mulher pequena e insignificante de um planeta atrasado como a Terra, eles a viram como algo tão irrelevante quanto uma formiga. Completamente inútil.

Harper se inclinou para frente.

— A luta está prestes a começar.

Uma sirene ensurdecedora tocou.

Os gladiadores da Casa de Thrax avançaram, rugindo gritos de guerra. Os da Casa de Galen se afastaram um pouco, mantendo os pés firmes e abertos, segurando suas armas com facilidade como extensões naturais de seus corpos.

Regan assistiu os gladiadores colidirem. Raiden, Thorin e os outros batiam com força. Não havia golpes suaves, apenas sons de ossos quebrando. Então ela viu gladiadores caindo e sangue espirrando na areia.

Ela apertou a mão no estômago tenso. Lembrou a si

mesma que isso não era uma luta até a morte. Aqui em Kor Magna, as Casas gastavam uma pequena fortuna comprando, treinando e cuidando de seus gladiadores. Eles ganhavam muito dinheiro na arena e com patrocínio corporativo, então perder um gladiador era ruim para todos.

Mas isso não significava que não havia muitos ferimentos. Harper havia dito que as casas também gastavam muito dinheiro em tecnologia médica para garantir que os gladiadores pudessem se recuperar após cada luta.

Ela viu quando Thorin balançou o machado. Eles ficariam bem. Todos eles. Ela sabia que eles lutavam na arena há muito tempo.

Thorin derrubou um dos thraxianos. Ele passou pelos muitos combatentes e depois viu um gladiador menor e assustado. O jovem tinha uma constituição alta e magra, e estava segurando um machado que parecia pesado demais. Ele estava tremendo de medo.

Thorin agarrou o braço do homem e o empurrou em direção a Raiden, que disse alguma coisa e depois empurrou o homem de volta para os gladiadores da Casa de Galen. O homem menor caiu na areia, chorando.

Essa era outra razão pela qual Regan se sentia tão segura ali. Esses lutadores grandes e fortes tinham um instinto protetor. Harper havia lhe dito que eles tinham como missão ajudar clandestinamente os lutadores mais fracos que acabavam na arena.

Thorin atacou um gladiador maior e mais alto. Seu machado bateu contra a espada do grande lutador, quebrando-a. Ela assistiu, hipnotizada, enquanto ele golpeava seus oponentes.

Foi quando percebeu que ele estava mirando apenas nos gladiadores da espécie thraxiana. Ela ofegou. Ele estava derrubando todos os lutadores da espécie que a sequestrou e abusou dela. Regan levou a mão ao peito e sentiu o coração bater forte.

Ninguém jamais havia lutado por ela antes.

Um segundo thraxiano veio da lateral, fora da linha de visão de Thorin. Regan ficou de pé sem perceber e quando a multidão gritou, ela fez o mesmo.

A espada cortou o ombro de Thorin. Ela agarrou a grade. O sangue escorria pelo peito e pelo bíceps.

— Não é grave — uma voz profunda disse atrás dela.

Aquela voz a fez olhar por cima do ombro. Ela não tinha notado Galen chegar.

O Imperador era alguns anos mais velho que seus gladiadores, mas ainda estava em forma. Tinha um corpo musculoso, o rosto cheio de cicatrizes e um tapa-olho sobre um dos olhos. O outro olho era de um azul brilhante e gelado. Seus cabelos escuros estavam afastados do rosto imponente e havia alguns fios grisalhos nas têmporas.

— É preciso mais do que um corte para derrubar o Thorin — Harper disse ao seu lado.

Regan assentiu, mas agarrou a grade com tanta força que os nós dos dedos começaram a ficar brancos. Quando voltou a observar a luta, viu que eles tinham razão. Thorin continuou lutando como se não tivesse sido ferido. Isso nem o atrasou.

Ele jogou o machado, e ela o viu bater no grande escudo de um de seus oponentes que rachou no meio. A multidão foi à loucura e quando ela viu Thorin pegar o machado e se virar para atacar novamente, sentiu a energia da luta envolvê-la. Uma parte dela estava animada. Pela multidão aplaudindo, pela luta primal, pelo foco e proeza de Thorin.

Ela entendeu por que lugares como a Arena Kor Magna existiam. Porque lutas como essa atraíam a multidão e espectadores de toda a galáxia. Durante toda a luta, os participantes poderiam estar conectados à parte selvagem e primordial de sua natureza. Como cientista, ela sabia que isso existia. A luta se relacionava com as partes de uma pessoa que foram aperfeiçoadas no passado. O instinto de luta ou fuga que toda criatura tinha.

Durante a luta, todas as pessoas podiam esquecer as partes mundanas e estressantes de suas vidas e apenas se concentrar na batalha bruta da sobrevivência.

Com um confronto final de metal contra metal, a luta acabou.

Enquanto os anunciantes gritavam o nome da Casa de Galen, a multidão ficou de pé, aplaudindo. Regan observou as equipes médicas avançarem para coletar os gladiadores thraxianos feridos e caídos na areia.

Harper se inclinou para frente.

— Talvez a lesão de Thorin tenha sido pior do que pensávamos.

Regan viu que Thorin estava sangrando muito. Seu peito inteiro estava coberto de sangue. Preocupada, ela se levantou.

— Precisamos ajudá-lo.

Harper olhou para ela.

— O Galen tem uma equipe médica completa.

Mas Regan já estava correndo para chegar à entrada dos túneis e encontrar os gladiadores vencedores.

Ela esteve brincando com o fantástico gel medicinal usado pela equipe médica, tentando melhorar suas propriedades. Isso poderia ajudar Thorin.

E, por algum motivo, não acreditaria que ele estivesse bem até que o visse com seus próprios olhos.

CAPÍTULO DOIS

O sangue de Thorin estava bombeando densamente. Ele estava com calor, suado, e seu ombro e peito ardiam como a picada de um sugador de sangue *draskan*.

— Preciso de uma cerveja. Grande e espumosa.

— Você precisa ir ao médico — Raiden falou por trás dele.

— Por causa disso? — Thorin acenou para o ombro dele. — Não foi nada.

Ele já havia sofrido ferimentos piores. Muito piores. E mesmo que a lesão estivesse doendo, valia a pena pela sombria satisfação de ter derrubado aqueles thraxianos cretinos.

Ele pensou no quanto os thraxianos eram grandes e o tamanho que geralmente as suas presas tinham. Se lembrou daquele jovem que eles forçaram a entrar na arena. Thorin sabia que Raiden e Galen já teriam marcado o garoto para ser resgatado. Eles o tirariam de lá.

Então a imagem de um rosto delicado e cabelos dourados como o sol apareceram instantaneamente na sua cabeça.

Quando seu estômago apertou, olhou para as próprias mãos. Ele era tão grande quanto os thraxianos. Tinha um corpo grande, coberto de cicatrizes e escondia segredos que preferia manter enterrados. Olhou para as mãos calejadas e balançou a cabeça. Não tinha o direito de pensar em mulheres bonitas e macias.

Quando se aproximaram do túnel que levava às profundezas da arena, gritos ecoaram das arquibancadas acima deles.

— Raiden! Você é o melhor.

— Sou toda sua, Kace!

— Thorin, vou chupar seu pau grande qualquer dia!

Thorin sorriu, mas não se incomodou em olhar para cima. Os torcedores estavam em plena força, animados com a luta. Eram mulheres – e alguns homens – que gostavam de sexo intenso com gladiadores. Ele sempre admirou a maneira direta de expressar seus desejos. Elas queriam sexo, nada mais e nada menos. Ele aceitou várias ofertas ao longo dos anos, tendendo a escolher as mais altas e mais fortes.

Eles entraram no túnel e o nível de ruído diminuiu. Instantaneamente, ele viu Harper caminhar na direção deles. Raiden avançou para encontrar sua mulher.

O gladiador a agarrou pela cintura, levantou-a para que suas pernas se enrolassem nos quadris dele e plantou um beijo enorme em sua boca. Ela estava rindo.

Thorin balançou a cabeça. O grande e malvado Raiden se apaixonou. Ele nunca pensou que veria esse dia. Mas ele estava feliz pra caramba por seu amigo.

Raiden tinha perdido tudo – até seu planeta – e agora, quando olhava para esta humana pequena e forte, parecia que ele segurava tudo o que importava entre suas mãos.

Por um segundo, Thorin se perguntou como seria essa sensação. Então ele virou a cabeça e a viu. Regan.

Ela estava recuando alguns passos. Era pequena, mas tinha um corpo cheio de curvas generosas. Tinha engordado nas últimas semanas, as bochechas que estavam fundas agora estavam se preenchendo. Ainda assim, essas mulheres da Terra eram muito pequenas.

Regan finalmente se moveu em sua direção, e Thorin sentiu todos os músculos de seu corpo tensos.

— Você está bem? — ela perguntou.

Ele piscou. Depois de uma luta, todos queriam parabenizá-lo ou reviver partes da batalha. Ninguém nunca perguntou se ele estava bem.

Ele abriu um sorriso, apesar de parecer um pouco inseguro.

— Claro, doçura.

— Seu ombro? — O olhar dela permaneceu no sangue que manchava seu peito. — Parece fundo.

Ele já podia sentir seu corpo curando a ferida.

— Está tudo bem.

Regan se inclinou para mais perto, pressionando um dedo fino contra sua pele.

— Não está, não. Ainda está sangrando. — Ela estendeu a mão pequena e envolveu a sua. Por um segundo, ele foi capturado pela pele clara contra a sua mais escura. A mão minúscula contra a sua enorme.

— Vamos. Vou limpar tudo para você.

Thorin não tinha certeza de como se afastar sem magoá-la.

— Vou ao serviço médico...

Ela balançou a cabeça.

— Tenho trabalhado no gel medicinal que eles usam lá embaixo. Acho que aprimorei seus recursos de cura. O produto já era incrível, melhor do que qualquer coisa que tínhamos na Terra, mas acho que minha nova versão é ainda melhor.

Ele não sabia ao certo o motivo, mas deixou que ela o arrastasse pelos túneis e pelas grandes portas duplas até a Casa de Galen. Ela o puxou pelo corredor com determinação, e entrou na salinha que ele sabia que Galen havia alocado para seu uso pessoal.

Thorin olhou ao redor do espaço apertado, vendo que ela havia transformado o local em um laboratório de ciências. Uma bancada contra a parede estava cheia de vários recipientes e frascos de vidro. Ela tinha um bloco de informações antigo e robusto e alguma outra tecnologia que ele imaginou que ela havia pegado emprestada de alguém. Na borda, sob a única janela, várias plantas diferentes estavam empilhadas ordenadamente em pequenos vasos. Algumas tinham folhagem verde, outras tinham folhas vermelho vivo e algumas eram pouco mais que caules murchos. Algo estava florescendo, o perfume doce e exuberante preenchia o espaço e inundava seus sentidos aprimorados. Sua espécie, a Sirrush, tinha boa visão, audição e olfato. Eles geralmente evitavam plantas florescendo e perfumes.

Ela acenou na direção de uma cadeira, e ele se sentou.

— O que você tem feito aqui? — ele perguntou.

Ela deu de ombros, enchendo uma tigela com água na pequena pia no canto.

— Eu precisava encontrar algo para me manter ocupada. Não sou uma lutadora como a Harper. Tinha que fazer algo para ser útil.

Ele se endireitou.

— Galen lhe oferecer um lugar para ficar não depende de quanto valor você traz.

— Eu sei. Mas não posso ficar sentada sem fazer nada. — Ele viu as Sombras em seus olhos. — Eu era botânica na Terra. Sou especialista em estudar plantas e suas propriedades curativas.

Isso explicava as plantas. Ele respirou fundo, mas em vez de sentir o cheiro delas, sentiu apenas o de Regan. Seu perfume era mais suave e doce.

— Bem, se você conseguir que as plantas por aqui pareçam saudáveis, seria ótimo. Geralmente todas parecem quase mortas.

Ela fez uma careta.

— É porque ninguém as rega.

Ele deu de ombros. Na maioria das vezes, ele nem notava as plantas.

— Salvei algumas. — Ela se aproximou, segurando um pano úmido. Começou a limpar o sangue no ombro dele. — Vi você derrubar todos os thraxianos.

Thorin lutou contra o desejo de encolher os ombros. Tê-la tão perto, tocando-o, era desconcertante.

— É meu trabalho derrubar os cretinos desprezíveis. Não foi a primeira vez e não será a última.

A bochecha dela ficou corada.

— Certo. Você faria isso de qualquer jeito. — Sua voz baixou para um sussurro. — Mas obrigada.

Ele era um idiota por mentir. Tinha feito aquilo por ela.

Regan terminou de limpar o sangue do peito e ombro. Em seguida, pegou um pequeno pote de gel azul medicinal. Mergulhou os dedos no frasco e depois começou a esfregar na pele dele.

— Sua taxa de cura é incrível. — Ela se aproximou tanto que ele sentiu a respiração dela em sua pele. Ela estava praticamente montando em uma das suas pernas.

Thorin passou as mãos pelos braços da cadeira. Sua respiração estava ficando um pouco mais rápida e, *drak*, seu pau estava ficando ereto.

Ele só podia sentir o cheiro dela. Essa mulher delicada e adorável não era para ele. O cheiro dela era doce e o dele era de sangue e suor. Ele era um bruto grande e rude. Havia feito coisas que lhe faria ter pesadelos. Ele *era* um pesadelo.

— Sim. — Ela roçou o ombro dele. — O gel está funcionando.

Olhou para baixo e viu que ela tinha razão. O gel estava funcionando mais rápido do que ele já havia visto. Geralmente, levava várias horas para fechar uma ferida como essa. Mas ele podia ver as bordas cicatrizando diante de seus olhos.

— Isso é incrível. — Ele a olhou. — Você precisa contar ao Galen. Ele vai querer saber.

O sorriso que ela lhe deu era ofuscante. Isso fez seu pênis duro pressionar dolorosamente contra a calça de couro.

Thorin se levantou de forma abrupta.

— Tenho que ir.

Ela deu um passo para trás, assustada. Levantou a mão e deixou-a cair ao lado do corpo.

— Ah, certo. Você deve querer comemorar sua vitória. Ouvi dizer que as festas podem ficar bem selvagens.

Ele deu um aceno com a cabeça e depois foi para a porta.

— Obrigado pelo gel. — Ele precisava de um pouco de espaço. Precisava se afastar dessa mulher que, de alguma forma, mexia com ele sem qualquer esforço.

— Você mereceu vencer — ela falou baixinho. — Foi magnífico. Quero dizer... lá fora, lutando, você foi magnífico.

Thorin parou na porta. Ninguém em sua vida inteira o chamou de magnífico. Arma de guerra, bruto, gladiador, guerreiro... magnífico, nunca. Ele queria voltar e olhá-la, caramba, ele queria se virar e agarrá-la.

Em vez disso, fechou as mãos até que os nós dos dedos ficaram brancos. E saiu sem se permitir olhar para a pequena mulher da Terra que o transformou em mingau.

NO INÍCIO DA MANHÃ SEGUINTE, Regan mal conseguia conter sua excitação.

Ela estava indo para os mercados de Kor Magna. Terminou de arrumar a cama no lugar que agora era seu quarto. Ficou grata por ter este cômodo e seu laboratório. Ela sabia que os novos recrutas dos gladiadores passavam seus primeiros dias nas celas antes de ganharem o privilégio dos dormitórios. Apenas os gladiadores de alto nível tinham seus próprios aposentos.

Foco nos mercados, Regan. Ela ouviu de Harper tudo sobre os incríveis mercados subterrâneos. Precisava de algumas coisas para o laboratório e estava ansiosa para dar uma olhada ao redor.

Em vez da calça e camisa larga e folgada que ela usava desde que chegou lá, colocou um vestido que Harper encontrou para ela. Regan se moveu, sentindo as dobras suaves do tecido azul balançarem ao redor dos seus joelhos. A peça deixava um ombro nu e era amarrada em cima do ombro direito. Era bonito e, pela primeira vez em muito tempo, ela se sentiu bela.

— E você precisa usar isso. — Harper entrou no quarto, segurando uma capa. — Tem o logotipo da Casa de Galen. Vai oferecer proteção. Tem algumas partes de Kor Magna que podem ficar um pouco... turbulentas.

Regan pegou a capa cinza, apertando o tecido. Enquanto olhava para o logotipo que era a cabeça de um gladiador usando capacete, sua garganta se apertou.

— Alguém pode tentar... nos pegar? — Deus, e se os thraxianos viessem atrás dela novamente?

Harper segurou seu ombro.

— Não se preocupe. O Raiden e o Thorin irão conosco.

Provavelmente porque Raiden não ficava longe de Harper, muito menos a deixaria fora de vista. A maneira como o grande gladiador tatuado cuidava de Harper fazia Regan se arrepiar.

Então seus pensamentos se voltaram para Thorin. Para aqueles momentos tranquilos em seu laboratório enquanto ela acariciava sua pele com o gel. Não conseguia imaginar um homem tão cheio de vida olhar para ela como Raiden olhava para Harper. Thorin queimava com energia e não tinha medo de nada. Regan sabia que ela era comum.

Passou a vida namorando caras legais. Teve boas conversas, bons encontros e boas transas. Algo dizia que Thorin não tinha boas transas. Ela ouviu rumores de que ele transava com mulheres logo após as lutas.

Não, sexo com ele seria erótico e sacana...

— Regan? Ei, pra onde você foi? — Harper estalou os dedos na frente do rosto de Regan.

— Desculpe. — Ela se endireitou. — Estou pronta.

Um barulho soou na porta.

— Prontas? — Raiden perguntou.

— Sim — Harper respondeu, se movendo para o lado dele.

Regan olhou para cima e viu Thorin assentir lentamente.

Logo, eles estavam seguindo pelos túneis, e indo em direção à saída que os levaria ao coração da cidade de Kor Magna.

Ela se viu andando ao lado de Thorin.

— Como está seu ombro?

— Curado.

Quando ele não disse mais nada, ela suspirou. Tudo bem, podia estar fascinada pelo grandalhão, mas claramente ele não retribua o seu interesse.

Quando chegaram a uma entrada em arco, Raiden acenou com a cabeça para os guardas e eles saíram para a luz do sol.

Regan ofegou. À sua frente, se erguiam edifícios lustrosos cobertos de luzes brilhantes. As pessoas lotavam as ruas em uma onda de barulho e cor, e à distância, ela podia ver uma fonte gigante jorrando água. Carthago era um planeta deserto, então ela sabia que a fonte era uma extravagância.

Uma placa gigante tipo um outdoor apareceu piscando e brilhando. Estava descrita em uma linguagem alienígena, mas pelas imagens de mulheres sorridentes, bonitas e com pouca roupa, ela conseguia imaginar ao que a publicidade se referia.

— Bem-vinda ao distrito de Kor Magna — Harper falou.

— Isso me lembra a Strip de Las Vegas — Regan disse.

— É a Strip com esteroides. Maiores, mais alienígenas, mais tentações em oferta. A maioria dos habitantes locais evita isso como uma praga. Jogo, luta, prostituição, drogas... — Harper balançou a cabeça. — É só escolher que é possível encontrar no distrito. Eles vêm para as lutas na arena e ficam para todos os vícios.

Raiden e Thorin os estavam afastando das luzes brilhantes. A poucos quarteirões da estrada principal do distrito, os edifícios evoluíram para imóveis simples de dois andares, feitos da mesma pedra creme da arena.

— Mas o mercado não está ligado ao distrito? — Regan perguntou.

Harper balançou a cabeça.

— Esse mercado é frequentado pelos moradores locais. Ele fornece todos os bens que os gladiadores e cidadãos comuns precisam. — Ela lançou um sorriso triste para Regan. — Ainda há muitas tentações por aí.

Eles seguiram para um beco e foram em direção a um buraco circular gigante no chão. Quando se aproximaram, ela viu uma enorme rampa em espiral esculpida nas paredes, desaparecendo em uma câmara bem iluminada.

— Aparentemente, o planeta é repleto de cavernas subterrâneas e buracos como este — Harper explicou a ela.

Pouco tempo depois, a rampa se nivelou e eles saíram em um espaço subterrâneo cavernoso cheio de fileiras de barracas e multidões de pessoas.

Regan sorriu. Era quase medieval. A luz era filtrada da superfície, aumentada por lâmpadas laranja presas às paredes, que eram de uma rocha linda e lisa, da cor da areia da arena. Ela observou a multidão. As pessoas estavam vestidas com todos os tipos de roupas, desde macacões lisos a túnicas esvoaçantes, rindo, conversando e negociando.

Ela esperou que a pressão das pessoas e o barulho a incomodassem, mas em vez disso, a confusão e a agitação do mercado pareciam normais. Quase podia imaginar que estava de volta ao mercado de fazendeiros que gostava de frequentar na Terra.

— Vamos — Thorin a chamou, cutucando-a.

À medida que avançavam, Regan parava para examinar todas as barracas. Parecia que era possível conseguir de tudo aqui: frutas, vegetais, roupas, joias e artesanato. Ela pegou grandes caixas cheias até a borda com frutas e vegetais estranhos de todas as formas e tamanhos. Havia armas, belas peças de armadura e capacetes, diferentes cremes e loções para os gladiadores. Ela fez uma pausa para olhar pensativa para uma mesa cheia de potes e tubos. Talvez, se aperfeiçoasse suas próprias loções e coisas, ela pudesse fazer algo assim e vender alguns produtos aqui.

A próxima barraca estava cheia de comida. Bolos e doces delicados, pequenos pedaços de... bem, ela não tinha certeza. Talvez fossem biscoitos. Ela queria desesperadamente experimentar alguma coisa, mas estava igualmente preocupada que isso pudesse deixá-la enjoada.

— *Grezzo*. — Thorin se inclinou para a frente e mostrou um pequeno símbolo para o dono da barraca. Tinha o logotipo da Casa de Galen. Então ele se virou e estendeu um quadradinho escuro para Regan.

— Aqui. Experimente isso.

Regan cheirou a guloseima, depois mordiscou com cuidado. O sabor explodiu em sua boca, e ela gemeu antes de comer o restante.

— Ah, meu Deus, Thorin. Isso tem quase o gosto de chocolate. Uma das minhas coisas favoritas. — Ela olhou para cima.

Ele tinha um olhar estranho no rosto e estava observando seus lábios.

— Estou com a boca suja? — Ela passou as costas da mão pela mandíbula.

Ele balançou a cabeça.

— Você gostou do *grezzo*?

— Amei. — Ela sorriu. — Obrigada. Nenhuma mulher deveria ser abduzida e levada para o outro lado da galáxia tendo que viver sem chocolate.

Ele lhe deu um longo olhar e depois seguiu em frente, alcançando Raiden e Harper.

Soltando um suspiro raivoso, Regan voltou sua atenção para as barracas. Parecia que, por mais que tentasse, não conseguia acertar as coisas com Thorin. Na maioria das vezes ele a observava como uma arma que estava prestes a explodir em seu rosto.

Ela parou em uma barraca que vendia arneses e armaduras de couro fabulosamente intricadas para a arena. O acabamento era incrível. Também tinha algumas belas joias e seu olhar caiu sobre uma tira de couro com pedras verdes brilhantes pontilhadas.

— Olá. — Alguém tocou seu ombro.

Ela se virou e olhou para o homem gigante parado ao seu lado. Ele parecia humanoide, com traços brutos e longos cabelos castanhos, mas então ela viu dois pequenos chifres saindo do topo de sua cabeça.

— Você é uma coisinha bonita. — Os olhos escuros dele deslizaram sobre ela, permanecendo em seus seios.

Regan conseguiu dar um sorriso tenso.

— Tenha um bom dia. — Ela se virou, tentando encontrar os outros. Deus, onde eles estavam?

Quando ela se afastou, algo a segurou. Olhou por cima do ombro e viu que a mão do homem estava prendendo a parte de trás do seu vestido.

— Não fuja, coisinha. Eu gosto da sua aparência. — A mão dele deslizou pela lateral do seu corpo, segurando seu quadril.

Regan sentiu uma pontada de medo, mas ainda mais forte que isso foi a onda de raiva. Ela estava cansada de as pessoas pensarem que poderiam agarrá-la, trancá-la e tirar suas escolhas.

Ela jurou na cela thraxiana que, se algum dia saísse, nunca mais seria escrava.

Levantou as mãos e empurrou o peito dele.

— Tire suas mãos de mim.

Ele não se mexeu, mas o choque em seu rosto era quase cômico.

Então ele fez uma careta e puxou o vestido dela, fazendo-a tropeçar.

— Ninguém diz não para Grash.

CAPÍTULO TRÊS

Regan se recompôs, pronta para se lançar contra o homem. De repente, um grande corpo passou por ela e empurrou o homem para longe.

— Deixe-a em paz.

A voz de Thorin era tão profunda e gelada quanto um rio no inverno.

Regan sentiu a pele arrepiar.

— Thorin

Os olhos do agressor se arregalaram e ele levantou as mãos.

— Desculpe, desculpe.

— Não toque no que não é seu. — Thorin passou um braço em volta da cintura de Regan.

— Desculpe. Não sabia que ela era sua. Não sabia que ela pertencia à Casa de Galen. — O homem recuou.

Thorin olhou para ele até que o homem se virou e correu pela multidão. Então ele olhou para ela.

— Você não deveria ter se afastado. É fácil se perder no labirinto de túneis aqui embaixo.

Ela se irritou.

— Não pedi para aquele idiota me agarrar.

— Sei disso. Mas nem sempre o mercado é seguro. Você precisa ser cuidadosa.

Regan colocou uma mecha de cabelo atrás da orelha. Ele tinha razão. Este não era o seu mundo e ainda estava aprendendo a viver nele. Thorin se moveu contra ela e o calor que irradiava de seu grande corpo era perturbador.

— Eu teria lidado com ele, mas obrigada.

— Lidado com ele? — O tom da voz de Thorin diminuiu. — Ele tinha o dobro do seu tamanho, Regan.

— Não sou burra, Thorin. E não precisa de força muscular para lidar com tudo. — Ela se virou, pronta para seguir em frente. Deu um último olhar para o colar bonito. Era adorável, mas também um lembrete evidente de que ela não tinha dinheiro. Sentiu uma sensação de vazio no estômago. Não tinha nada que fosse seu. Agora, estava vivendo da caridade de Harper e da Casa de Galen.

Ela viu Raiden e Harper na frente e continuou andando. Teria que encontrar uma maneira de se sustentar. Mas o que faria? Não era uma gladiadora ou curadora, e pelo que podia ver, eles não tinham necessidade de botânicos em Kor Magna.

Thorin ficou ao seu lado. Uma presença grande e silenciosa.

Enquanto caminhavam, viu algo que a fez ofegar. Uma barraca inteira de plantas. A maioria das quais ela nunca tinha visto antes.

Ela diminuiu a velocidade, querendo desesperadamente olhar para elas. Deus, muitas eram completamente diferentes de tudo que ela tinha visto na Terra. Uma com folhas roxas brilhantes parecia fascinante e outra parecia vagamente com um cacto e estava coberto de lindas flores vermelhas.

Thorin soltou um suspiro.

— Podemos parar e dar uma olhada na barraca.

Ela abriu um sorrisinho para ele.

— Tem certeza?

— Olhe antes que eu mude de ideia.

Ela sorriu para o homem pequenino e enrugado que cuidava da barraca e gentilmente tocou algumas folhas diferentes. O vendedor disse alegremente os nomes de cada planta. A planta com as delicadas folhas roxas continuava atraindo seu olhar. Era tão bonita e ela daria qualquer coisa para estudá-la.

De repente, um braço musculoso passou por ela, segurando uma ficha da Casa de Galen.

— Quanto custa a planta roxa?

— Thorin, não. Eu não preciso disso...

Ele a ignorou, pagou e pegou o pote da mesa. Empurrou para ela.

— Você queria.

Não foi a maneira mais agradável de ganhar um presente, mas ela o pegou e acariciou as folhas roxas. Era algo seu. Não foi emprestado ou recuperado de coisas não utilizadas. Era seu.

— Obrigada.

Ele deu um único aceno de cabeça, virou-a com um toque gentil nas costas e a levou adiante.

Regan olhou para o rosto dele. Era uma expressão dura que ninguém diria ser bonita. Mas ela gostava. Tinha seu charme.

Ela o queria. Queria esse homem. Ele podia ser grande e forte, mas só fazia coisas para ajudá-la e fazê-la se sentir segura. Algumas coisas, como comprar a planta, ela sentiu que ele estava fazendo contra seu melhor julgamento. O homem tinha um coração mole que se recusava a expor, e Regan queria desesperadamente ver mais.

Mas estava claro que ele não se sentia da mesma maneira. Ela sabia que ele era um guerreiro feroz da arena e que tinha mulheres de sobra para escolher. Caramba, ela viu como as mulheres se jogavam nos gladiadores. Ouviu histórias loucas de algumas das festas depois das lutas. Ouviu algumas histórias bem loucas especificamente sobre Thorin e o que ele gostava.

Se sentindo um pouco deprimida, ela continuou a seu lado, olhando sem entusiasmo para as barracas enquanto se moviam para alguns túneis laterais lotados. Regan olhou para cima, para ver para onde estavam indo, e viu um lampejo de cabelos ruivos na multidão.

Seu coração apertou. Não via cabelos ruivos desde que chegou ao planeta. Sua prima, Rory, tinha cabelos ruivos. Cachos desenfreados que a mulher estava sempre reclamando. Quase tanto quanto da sua pele clara e sardas. A mão de Regan apertou o vaso.

Ela procurou novamente aquele flash vermelho. *Lá*. A mulher estava longe dela, mas... Regan franziu a testa. Havia algo sobre o modo como a mulher se sustentava, o jeito que ela andava...

Sem pensar, Regan correu para tentar ver melhor.

Definitivamente era uma mulher. Com um passo atlético e uma inclinação teimosa no queixo. Assim como a prima de Regan, treinada em artes marciais mistas. O peito de dela estava tão apertado que sentiu que não conseguia respirar.

Continuou andando, desejando que a mulher se virasse para que ela pudesse ver seu rosto. Regan não tinha certeza.

— Rory! — ela gritou.

Mesmo estando longe, a mulher se virou ao ouvir seu grito. Regan se esforçou, tentando ver... mas antes que ela pudesse fazer qualquer outra coisa, os alienígenas altos que acompanhavam a ruiva a agarraram e a arrastaram para longe. A multidão os engoliu.

O coração de Regan estava batendo tão forte que doía. Mesmo que pudesse atravessar a multidão, nunca chegaria a tempo. Era Rory? Ela tinha certeza.

Então ela olhou para os arredores e percebeu que em sua corrida louca para ver a mulher, havia perdido Thorin.

E à sua frente, uma gangue de homens descansava contra a parede de pedra, observando-a. Ela olhou para trás. Não podia ver Thorin, Harper ou Raiden em lugar algum.

Ela endireitou os ombros e se afastou. Era tudo sobre atitude, certo? Não demonstre medo, faça parecer que se sente segura.

Ela mal deu dois passos quando um homem entrou na sua frente, bloqueando seu caminho.

— Indo embora tão cedo? — ele perguntou.

Ele era maior e mais alto que ela, e parecia humanoide, com um padrão de rosetas escuras sobre a pele.

— Sim. Meus amigos devem estar me procurando.

Ele estendeu a mão e agarrou seu braço de forma brusca.

— Acho que está na hora de fazer novos amigos.

Quando ele a puxou para a frente, a planta caiu de suas mãos. Ela gritou e tentou se afastar, a capa cintilou ao redor do seu corpo.

Um dos amigos do homem ofegou.

— Ei, Dolan, ela está usando uma capa da Casa de Galen.

Dolan, hesitou. Ele levantou a cabeça, olhando em volta.

— Não vejo ninguém com ela. — Seu olhar sombrio voltou para Regan. — Me dê seu símbolo.

— Eu não tenho.

— Moedas então.

— Também não tenho. E mesmo que eu tivesse, não daria a você. — Ela puxou o braço.

Ele a puxou para a frente e eles começaram um cabo de guerra. Os músculos dos braços de Regan começaram a queimar.

— Me deixe em paz. — Ela empurrou o peito dele.

De repente, o homem a soltou e se afastou. Seus olhos se arregalaram e ele levantou as mãos. Regan piscou lentamente. Bem. Assim era melhor.

E foi quando ela sentiu um grande corpo atrás de si. Não foi ela quem assustou o agressor.

— Eu deveria arrancar sua cabeça. — Um rosnado ameaçador soou.

Certo, ela achou que Thorin parecia assustador antes, mas agora ele parecia absolutamente mortal.

— Estamos caindo fora daqui, Thorin — outro homem disse. — Sinto muito. Eu avisei ao Dolan para não tocá-la.

O olhar de Thorin se voltou para Dolan.

— Você sabia que ela era da Casa de Galen e ainda assim a tocou?

A boca de Dolan se abriu e fechou como um peixe.

Thorin deu um passo ameaçador a frente.

— Se eu te vir em qualquer lugar perto dela novamente, vou arrancar seus braços e pernas.

Em seguida, Thorin se virou, agarrou o braço de Regan e a puxou para a multidão.

Ele ficou calado, mas ela sentiu a raiva pulsando nele.

— Thorin, espere — ela gritou.

Ele parou e pegou alguma coisa. A planta. Estava um pouco danificada, mas ainda estava no vaso. Ele a empurrou para ela.

— Você não deveria se afastar...

— Eu sei. Pode ficar com raiva de mim mais tarde. — Ela estendeu a mão e agarrou o antebraço grosso com a mão livre. — Thorin, eu vi a Rory! Minha prima. Ela estava viva e bem aqui! Tenho certeza... — Regan ficou sem fôlego.

— Acalme-se. — Thorin levou a mão ao seu ombro. — Repita.

— Eu vi a Rory. Ela tem cabelos ruivos, o que não vi muito por aqui.

Thorin assentiu.

— Isso é raro.

Os dedos dela apertaram a pele dele.

— Eu vi a minha prima. Alguns alienígenas a estavam conduzindo pelo mercado.

— Tem certeza?

— Foi apenas um vislumbre rápido, mas era ela.

— Certo. — Ele passou a mão pelo braço dela. — Vamos. Vamos encontrar os outros.

— Você vai me ajudar? — Regan perguntou. — Você vai me ajudar a resgatá-la, assim como você e a Harper me resgataram?

Seu peito grande subiu e desceu. Ele tocou seu rosto.

— Sim, Regan. Vou te ajudar.

THORIN ESTAVA SENTADO na sala de estar, observando Regan andar de um lado para o outro. Seus passos eram irregulares, sem sua graça habitual. Em um sofá próximo, Harper a estava olhando com preocupação no rosto.

— Era a Rory — Regan insistiu.

Por trás de Harper, Raiden assentiu. Ele levantou uma parede vermelha e cinza que era suspensa, abrindo uma outra cheia de telas presas no tijolo.

Regan parou para olhar as informações. Ela não pareceu surpresa, então Thorin imaginou que Harper havia contado à amiga sobre as atividades extracurriculares de resgate da Casa de Galen.

— Tudo bem — Raiden falou. — Você pode descrever os alienígenas que estavam com ela?

Regan franziu a testa.

— Humanoides. Difícil de descrever. Eles estavam muito longe para que eu visse qualquer detalhe. E eu estava prestando mais atenção nela.

— Você é uma estudiosa, Regan. Uma cientista — Thorin apontou. — Você observa as coisas. Tente mais.

Ela soltou um suspiro, colocando as mãos nos quadris.

— Eram altos. — Ela olhou para Thorin. — Mas não tão grandes quanto você. Eles tinham corpos mais magros.

— Venha e veja essas imagens. — Raiden acenou para a parede. — Veja se alguém lhe parece familiar.

Regan examinou a parede, franzindo a boca. Ela balançou a cabeça.

Galen estava encostado na parede com uma carranca no rosto.

— Tudo bem, farei o que puder com o que temos. Vou sondar com meus contatos.

— Talvez devêssemos conversar com Zhim — Thorin sugeriu.

Galen fez uma careta.

— Prefiro não fazer isso.

Thorin entendia. O comerciante local de informações era inteligente, arrogante e irritante. Mas, além da sua personalidade insuportável, ele monitorava de perto as informações de Kor Magna. Também era caro e difícil de trabalhar.

— Ninguém colocou uma fêmea da Terra à venda... que eu saiba. — O olhar de Galen ficou azedo. — E estou ganhando reputação de colecioná-las.

— É só isso? — Regan balançou os braços. — Vamos sondar e esperar?

— Por enquanto. — O tom de Galen se aprofundou. — Enquanto isso, temos uma luta para nos preparar. Preciso que meus gladiadores treinem, se preparem e descansem um pouco antes de amanhã.

Regan olhou para ele por um minuto antes que seu olhar voltasse para o de Thorin. Ela estava mordendo o lábio.

— Galen tem razão — Thorin falou.

Ela se virou e saiu da sala.

Harper ficou de pé, pronta para segui-la.

Thorin balançou a cabeça.

— Eu vou.

Quando ele saiu para o corredor forrado de pedra, estava vazio. Ela não poderia ter chegado ao laboratório tão rápido. Ele sabia exatamente para onde ela tinha ido. Se ela não estava trabalhando, estava em seu lugar favorito, e ele a viu lá várias vezes durante o treinamento.

Ele saiu para a varanda. Como imaginou, ela estava enrolada em uma bola em uma cadeira com vista para a arena de treinamento vazia. O espaço estava cercado de plantas, e ele podia ver que elas já pareciam mais saudáveis, então imaginou que Regan estava cuidando delas.

— Você está bem? — Ele foi em direção ao parapeito.

Ela apertou a bochecha no joelho.

— Deveríamos fazer mais. Deveríamos procurar...

— É uma grande arena e uma cidade ainda maior. — Seu olhar percorreu as paredes da arena até o topo das torres do distrito. — E uma das regras deste lugar é nunca mostrar interesse em algo. Isso só aumenta seu preço e as pessoas usarão contra você.

Ela fechou os olhos com força, os cílios escuros contra as bochechas pálidas.

— Estou preocupado que ela esteja sendo machucada ou espancada... — A voz de Regan sumiu.

— Como você foi. — Ele sabia que sua voz soava dura e falhada. Ele fechou as mãos ao redor do parapeito de pedra e sentiu a raiva atingi-lo. Como os thraxianos podiam espancar uma mulher pequena e delicada como Regan?

Ela olhou para cima e depois assentiu.

— Mas eu fui resgatada. Estou segura. A Rory não está. — Uma respiração instável. — Às vezes, tenho pesadelos.

Ele viu o velho horror brilhar nos olhos dela. Uma única lágrima deslizou em seu rosto. Queria tocá-la, mas tinha medo de que, com suas mãos ásperas e gigantes, ele apenas piorasse as coisas. Não sabia nada sobre consolar alguém. Ele só sabia lutar e matar.

Ela levantou a mão e limpou a lágrima.

— Você deve pensar que sou fraca.

— Não. — Ele se sentou na cadeira ao lado dela. — O oposto. Acho que você é uma sobrevivente. Alguém muito forte.

Ela inclinou a cabeça.

— Por quê?

— Quando se perde tudo o que se conhece e importa, quando se é levado para algum lugar contra a sua vontade, a coisa mais fácil é desistir.

Ela emitiu um som estranho e colocou a mão sobre a dele.

Thorin se apressou antes que ela pudesse fazer qualquer pergunta que ele não quisesse responder.

— A outra opção é que você endureça. Que pare de se importar e lute exclusivamente por si mesmo. — Ele a olhou nos olhos. — Mas eu vi você sorrir. Vi como você se importa com a Harper.

Regan ofegou.

— Fiquei tão sozinha por tanto tempo... algumas vezes eu quis desistir.

— Mas você não estava e não está mais sozinha. — Ele não tinha certeza de quem se mexeu primeiro, mas a próxima coisa que percebeu era que seu corpinho curvilíneo estava enrolado em seu colo. Ela se aconchegou nele, e Thorin a abraçou.

— Tenho que salvar a Rory — ela sussurrou. — Farei *qualquer coisa* para salvá-la. Não posso deixá-la sozinha.

Regan começou a chorar baixinho, e ele acariciou suas costas, sem saber se a estava confortando. Teve o cuidado de não segurá-la com muita força. Não queria machucá-la.

Desde que vendido como escravo, Thorin usou a arena e as lutas para bloquear a dor do seu passado. Para esquecer que foi usado, transformado em uma arma e depois jogado fora.

Para esquecer o coração sombrio que batia dentro dele.

Toda luta, todo golpe, cada gota de sangue que ele derramava... tudo o ajudava a esquecer o passado. Ele estabeleceu uma vida aqui na arena e gostava dela. A adoração da multidão, as mulheres dispostas e os amigos que fez.

Mas, pela primeira vez em muito tempo, queria cuidar de outra pessoa. Queria proteger a mulher pequena em seus braços.

E Thorin prometeu que faria isso. Ele a ajudaria a salvar a prima e lhe daria tudo o que merecia... e isso, definitivamente, não o incluía.

CAPÍTULO QUATRO

Se alguém descobrisse o que ela estava fazendo, estaria em um grande problema.

Regan se forçou a andar devagar, com as mãos cruzadas na frente do corpo. Estava caminhando dois passos atrás dos curandeiros Hermia, que estavam saindo da Casa de Galen.

Se Harper descobrisse que Regan havia escapado...

Deus, se Thorin descobrisse...

Regan respirou fundo. Não iria muito longe, nem deixaria a rede de túneis embaixo da arena. Pensou em tudo. Sim, era arriscado, mas tinha um plano e uma adaga escondida no bolso para proteção. Não tinha intenção de se envolver em problemas. Puxou a capa cor de areia ao redor do corpo e o capuz para cobrir o rosto.

Ela tinha que fazer isso. Por Rory.

Antes que percebesse, eles passaram pelos guardas em pé nas portas da Casa de Galen e estavam no túnel. Ela levantou o queixo e se separou dos curandeiros. Tinha memorizado um mapa dos túneis, a localização de todas as Casas dos gladiadores e a área onde os trabalhadores da arena moravam. Havia praticamente uma cidade inteira sob a arena.

Estava determinada a descobrir qualquer informação que pudesse sobre onde Rory poderia estar. A prima era forte e prática e assim como Harper, foi treinada para lutar. Não que ela trabalhasse com segurança, mas costumava lutar com Harper na academia da estação espacial. Mas Regan sabia o que os traficantes de escravos podiam oprimir as pessoas até que elas se sentissem como um animal.

Não importava o quanto você fosse forte. De fato, ser forte poderia ser pior... algo que eles se sentiam compelidos a destruir. Os thraxianos fizeram tudo o que podiam para destruí-la, até que tudo o que restava era medo.

Regan pisou em falso e parou. Apoiou a palma da mão na parede de pedra lisa e respirou fundo. Ela não tinha mais medo e encontraria Rory.

O lugar sensato para se começar era com os thraxianos. Foram eles que as sequestraram. Havia um boato de que eles a transferiram e – o estômago de Regan se apertou – provavelmente a venderam para alguém.

Regan se forçou a chegar perto da Casa de Thrax. Quando se aproximou das enormes portas duplas, seu pulso acelerou. A luz refletia no metal cor de cobre e no logotipo da Casa no centro – uma cabeça com um conjunto de chifres.

Ela manteve o olhar baixo, tomando cuidado para não fazer contato visual com os guardas que ladeavam as portas.

Enquanto andava devagar, as portas se abriram.

Ficou tensa, mas era só um grupo de trabalhadores de folga que estava saindo. Estavam aglomerados e conversando. Ela passou bastante tempo lá dentro para saber que os trabalhadores eram de espécies diferentes que faziam trabalhos de limpeza e culinária para os mestres thraxianos.

Os trabalhadores se afastaram, e Regan seguiu atrás deles. Tentou fingir que estava cuidando da própria vida, mas se esforçou para ouvir o que estavam falando.

— Vamos para o *Sword and Shield*. Preciso de uma cerveja e uma partida de *bach*.

— Você é terrível no *bach*. Sempre perde.

Enquanto o grupo continuava provocando o amigo por não jogar muito bem, Regan os seguiu. Eles estavam indo para um bar. Isso era bom. Ela poderia se misturar e talvez eles relaxassem e conversassem sobre o que estava acontecendo dentro da Casa de Thrax.

Eles foram para uma parte mais movimentada dos túneis. Regan viu pessoas com mesinhas vendendo várias bugigangas. Algumas crianças, cujas roupas estavam surradas, jogavam conchas com copinhos e pedras coloridas.

Os trabalhadores passaram por uma porta em arco, onde havia uma pedra esculpida com a imagem de um escudo retangular e uma espada cruzando-o. Regan podia ouvir música e conversas lá dentro. Ela os seguiu.

Deu uma boa olhada no bar e hesitou. O lugar era... rústico. Havia uma bancada comprida de pedra esculpida nos fundos do salão e um barman grisalho enchia os copos com líquido marrom. À esquerda, havia mesas e cadeiras cheias de muitas espécies diferentes e do lado direito havia várias mesas que pareciam ser de jogos. O lugar cheirava a suor e álcool.

Ela se moveu em direção ao bar, esperando para ver onde os trabalhadores da Casa de Thrax se sentariam. Seu olhar percorrer a multidão. Viu alguns homens lutando em um canto, dando socos fortes. Estremeceu. Ouviu algumas mulheres rindo alto enquanto brincavam com uma torre holográfica no centro da mesa.

Quando viu os trabalhadores se sentarem em uma mesa redonda, ela se aproximou e encontrou uma cadeira livre não muito longe. Deu as costas para eles, mas ouviu atentamente.

Como havia previsto, eles tomaram bebidas e começaram a relaxar. Também começaram a se queixar de trabalhar para a Casa de Thrax.

— Mandam o tempo todo — uma mulher resmungou. — Nunca têm uma palavra gentil.

— Eles são thraxianos — um homem falou. — Se você queria gentileza, deveria ter ido para outro lugar. Desde que paguem, não me importo com as maneiras deles.

— Apenas fique feliz por não estar do outro lado da gaiola — outro homem disse de forma sombria.

Regan pressionou as mãos na mesa. *Vamos lá. Falem sobre Rory.*

Alguém parou na sua mesa.

— Para se sentar aqui, tem que comprar uma bebida.

Ela olhou para cima. Era o barman rude.

— Ah, tudo bem. Quero algo que seja bom. — Ela tinha uma moeda que Harper havia lhe dado.

O olhar do barman semicerrou.

— Não tem nada bom. — Ele se afastou.

Regan soltou um suspiro e voltou a ouvir a conversa dos trabalhadores atrás de si. Comentários sobre o último leilão dos thraxianos chamaram sua atenção.

— Ouvi dizer que eles ganharam um bom dinheiro pela última aquisição. Finalmente a venderam.

— Talvez ela esteja melhor em outro lugar.

— Ouvi dizer que o imperador thraxiano ficou feliz em se livrar dessa. Era um problema. Uma lutadora.

Regan se esforçou para ouvir mais.

— Acho que eles só queriam evitar mais confrontos com a Casa de Galen.

De repente, um copo foi jogado sobre a mesa, derramando um pouco da espuma da cerveja.

— Cerveja — o barman grunhiu para ela. Harper pegou a moeda e entregou a ele, que se afastou.

Regan levantou a bebida e tomou um gole. Então ela se engasgou. Não era como qualquer cerveja que já tivesse tomado. Tentou não tossir, com os olhos lacrimejando. Aquela porcaria quase arrancou sua cabeça. *Caramba.*

Os trabalhadores agora estavam conversando sobre outra coisa, fofocando sobre um homem e uma mulher que não conseguiam tirar as mãos um do outro.

Regan bateu na mesa. Eles deviam estar falando sobre Rory. Certo, ela foi vendida e não estava com os thraxianos. Pelo menos tinha algo para trabalhar.

De repente, alguém parou em sua mesa e Rory olhou para cima novamente. Mais para cima. O alienígena era enorme. Ele tinha a pele escura e iridescente que brilhava sob as luzes, fazendo-a pensar na luz do sol refletindo em uma pérola negra.

— Queremos que você venha jogar *bach* conosco.

Ela sorriu.

— Não, obrigada. Estou esperando por um amigo.

— Eu não estava pedindo.

Regan mal conteve o revirar de olhos. O que havia com os machos deste planeta? Sequer a olhavam e achavam que poderiam mandar nela? Pegou a bebida e se levantou.

— Eu disse que não, obrigada...

Foi quando o seu pé bateu na borda da mesa e ela cambaleou para a frente. A bebida espirrou no peito do alienígena.

Oh, oh.

— Sinto muito...

O alienígena ofegou, puxando a camisa molhada.

— Isso foi um insulto grave.

Foi?

— Eu disse que sinto muito. Eu não pretendia...

— Baront, esta fêmea te desonrou ao jogar a bebida em você. — Outro alienígena apareceu, olhando para o peito molhado do amigo horrorizado. — Um insulto grave.

— Foi um acidente. — Ela estendeu a mão e acidentalmente bateu em alguém que passava. Ela se virou e viu outro alienígena. Este era coberto por um pelo longo e desgrenhado.

— Cuidado — o alienígena grunhiu.

Regan deu um passo para trás e bateu em outro que tinha o corpo coberto por escamas. Este tropeçou no que ela jogou a bebida.

Antes que Regan pudesse dizer mais alguma coisa, Baront empurrou o alienígena com escamas que esbarrou nele. O alienígena soltou um silvo zangado e o empurrou de volta.

Em um piscar de olhos, uma briga começou.

Quando começaram a trocar socos, Regan se abaixou. Alguém esbarrou nela e quando ela tropeçou, viu uma mesa passar pela sua cabeça.

Ah, Deus. Ela se agachou e ficou de quatro. Enquanto engatinhava em direção a outra mesa, ouviu o som de chutes e socos e viu corpos caindo no chão.

Cadeiras foram empurradas e parecia que todo mundo estava se juntando à briga.

Ah, droga. Ela correu para baixo de outra mesa. *E agora, Regan?*

THORIN SE ESFORÇOU MAIS, correndo pela pista de obstáculos montada na arena de treinamento.

Ele ergueu os braços e saltou sobre algumas pedras empilhadas. Correu por alguns troncos, depois saltou, balançando o machado.

A arma bateu no alvo: um saco cheio de areia.

Ele parou, arfando, e apoiou a cabeça do machado no chão.

— Essa é a vigésima vez que você faz o percurso. — Raiden apareceu ao seu lado. — Você está se esforçando bastante hoje.

Thorin grunhiu e passou o machado por cima do ombro.

— Por quê? — Raiden colocou as mãos nos quadris e as tatuagens nos braços flexionaram com os músculos.

— Não há motivo.

O amigo não parecia convencido. Thorin não ia admitir que estava tentando tirar Regan da sua cabeça. Se ele estivesse cansado e dolorido o suficiente, talvez parasse de pensar nela.

— A missão de hoje à noite ainda está de pé? — Thorin perguntou. Com certeza, esperava que sim. Precisava da ação para mantê-lo ocupado.

Raiden assentiu.

— Um trabalhador na Casa de Gorm'lah vai contrabandear os dois escravos menores de idade. Vamos encontrá-los e transportá-los para o espaçoporto. Galen arranjou beliches para eles em um cargueiro.

Thorin sentiu uma onda de satisfação. Este era o verdadeiro trabalho que ele e os outros gladiadores faziam. Eles lutavam na arena pela glória e prestígio, mas, por trás de tudo, ajudavam a contrabandear os sequestrados, feridos, escravos e gladiadores menores e mais fracos para fora da arena.

Foi então que ele viu um jovem parado na primeira fila de assentos da arena de treinamento. Ele parecia impaciente. Thorin franziu a testa. Era Dash. Ele era um rato da arena – como eram chamadas as crianças órfãs que viviam e trabalhavam lá – e foi quem ajudou a transmitir uma mensagem sobre Regan a Harper. Agora, eles pagavam ao garoto para enviar mensagens.

— O que o Dash está fazendo aqui? — Thorin perguntou.

Raiden franziu a testa.

— Ele parece nervoso.

Juntos, eles foram até o garoto.

— Dash — Thorin o cumprimentou.

O garoto passou a mão na boca.

— Sua mulher está com problemas. A mulher da Terra.

Thorin olhou por cima do ombro, olhando para onde Harper estava treinando do outro lado da arena. Ela estava trabalhando com alguns novos recrutas.

Raiden balançou a cabeça.

— A Harper está bem aqui.

Dash balançou a cabeça, o que fez seus cabelos escuros balançarem.

— Não. Sua mulher, não. A do Thorin.

Thorin se endireitou.

— Regan? — Uma emoção desconhecida o atingiu, deixando seu peito apertado. — O que aconteceu com ela? Onde ela está?

— Soube através do barman de um boteco nos níveis mais baixos, onde os trabalhadores da arena vão. O *Shield and Sword*.

Thorin resistiu ao desejo de agarrar o garoto.

— Já ouvi falar do lugar.

— Ele disse que ela está lá. E começou uma briga.

Thorin xingou. Ele se virou, caminhando em direção aos túneis. O que é que Regan estava fazendo fora da Casa de Galen? *Drak*, o que ela estava fazendo em um bar, começando uma briga?

— Lore? Nero? Preciso de vocês — Raiden chamou. — Tragam uma arma.

Quando os dois grandes gladiadores se aproximaram, Harper os viu.

Ela correu pela arena.

— O que há de errado?

Thorin se forçou a fazer uma pausa. Flexionou as mãos. Ele precisava chegar a Regan.

— A Regan saiu para passear. — Raiden estendeu a mão, deslizando a espada curta na bainha das costas.

— Também vou — Harper falou em um tom sombrio.

Raiden segurou seu ombro.

— Você tem recrutas para treinar. Cuide deles e nós a traremos de volta em segurança.

A mandíbula de Harper se contraiu e ela parecia querer discutir. Então ela olhou para Thorin.

Ele assentiu para ela.

— Eu vou encontrá-la.

— Está bem — Harper falou.

Thorin entrou no túnel, sentindo o ar mais frio ao seu redor. A raiva estava aumentando. Se alguém a machucasse...

— Você pode manter a calma ou vou ter que te prender?

Thorin nem olhou para Raiden.

— Estou tranquilo.

— O que ela está fazendo fora da Casa de Galen? — Lore perguntou.

Thorin grunhiu.

— É o que pretendo descobrir.

Não demorou muito tempo para chegarem ao *Shield and Sword*. Antes mesmo de chegarem à porta, Thorin ouviu os sons de briga. Um corpo veio voando de lá de dentro. O alienígena bateu no chão de pedra e derrapou, deixando escapar um gemido alto.

Thorin passou por cima dele e entrou no bar. Raiden, Lore e Nero estavam logo atrás.

Ele a procurou na escuridão, mas não a viu. Havia corpos por toda parte – pessoas brigando, outras se encolhendo atrás de mesas e cadeiras. Uma cadeira voou, quebrando garrafas em uma prateleira.

O barman, um homem grisalho, mal reagiu. Ele estava polindo copos no final do balcão.

Thorin levantou o machado. Os fregueses mais próximos da porta notaram que os quatro haviam entrado. Alguns pararam de brigar, se afastando. Lentamente, a maior parte do bar parou. Sentiram que havia predadores maiores no local.

Outra olhada ao redor do salão e Thorin viu Regan. Ela estava encolhida debaixo de uma mesa no centro do cômodo, envolta em uma capa cor de areia.

Ainda havia dois alienígenas brigando ao seu lado. Um empurrou o outro e eles colidiram com a mesa de Regan, derrubando-a.

Quando um gigante Taazon a viu, ele agarrou seu tornozelo e a puxou.

Um músculo na mandíbula de Thorin pulsou. Ele avançou.

— Não mate ninguém — Raiden declarou.

Thorin observou Regan chutar o alienígena, que riu.

Depois de mais dois passos, Thorin lançou o machado.

A arma roçou o corpo do Taazon e encaixou na ponta da bota, prendendo-o no chão. Thorin não acertou as partes do corpo do homem por milímetros.

— A mulher é minha — ele falou em um tom sombrio.

O alienígena olhou para Thorin e seu rosto se transformou em uma máscara de terror. Ele sentiu o cheiro da urina quando o homem se molhou.

Ao redor deles, o bar ficou em silêncio. Ele viu que Raiden e os outros haviam se espalhado, sacando as armas.

Thorin olhou para o maior número de pessoas que pôde.

— Esta mulher tem a minha proteção. Se alguém tocá-la, vai se ver comigo.

— Vai se ver com a Casa de Galen — Raiden acrescentou.

Regan se levantou, tirando o pó da roupa.

— Sou sua? — Ela se aproximou e cutucou Thorin no peito. — Eu não sou uma coisa, Thorin.

Ele não podia acreditar que ela estava fazendo isso agora.

— É melhor você não dizer nada, Regan. — Ele estava tão bravo que tinha medo do que faria com ela.

— Ou o quê? — Ela cutucou seu peito novamente. — Fui tratada como uma coisa por meses. Não vou mais aceitar isso.

— Estou te protegendo. Foi tolice da sua parte vir aqui. — Ele a segurou pelo braço. Olhou em volta e viu que todos estavam olhando para eles de olhos arregalados. As pessoas sempre foram cautelosas com gladiadores, especialmente Raiden e Thorin. Ninguém jamais ousou falar com ele do jeito que Regan estava falando.

Mesmo antes de chegar à arena, ele era temido por seu próprio povo. Depois de anos de luta na arena, ele tinha uma reputação assustadora.

Regan não tinha medo dele e isso era uma estupidez da parte dela.

— Você começou uma briga — ele disse.

— Não foi culpa minha. — Ela fez uma careta. — Foi um mal-entendido.

Cansado da discussão e vendo-a seguir por este caminho, Thorin se inclinou e a pegou, jogando-a por cima do ombro.

Ela ficou parada por um segundo, depois começou a se contorcer. Ele a segurou com uma mão grande sobre sua bunda curvilínea.

Em seguida, se virou, acenou para Raiden e saiu.

CAPÍTULO CINCO

Regan estava brava. Mais do que já esteve em toda a sua vida.

Geralmente, ela era uma mulher calma e sensata, mas ser jogada sobre o ombro largo de Thorin e levada como uma criança rebelde acendeu algo dentro dela. Enquanto eles caminhavam pelos túneis, notou o grande gladiador, Nero, sorrindo para ela. Idiota.

Logo eles estavam de volta à Casa de Galen e, de cabeça para baixo, ela viu Harper se aproximar.

A amiga limpou a garganta.

— Thorin...

— Eu vou lidar com ela. — Seu tom era inflexível.

Harper deu um passo à frente, prestes a intervir, mas Raiden a abraçou e a puxou para longe.

Thorin continuou andando, seguindo pela sala de estar da área dos gladiadores de alto nível e passou por uma porta. O peito dela se contraiu. Eles estavam no quarto dele. Quando ele bateu a porta, houve um estrondo alto.

O quarto estava bagunçado, a enorme cama estava desarrumada e as roupas estavam jogadas no chão. O quarto tinha o cheiro dele – algo masculino e sombrio. Ele caminhou até um sofá e a colocou sobre ele. Quando ela pousou, todo o ar deixou seus pulmões.

— Você nunca deveria ter deixado a Casa de Galen. — Thorin ficou na frente dela e cruzou os braços grandes.

Ela levantou o queixo.

— Sou uma prisioneira?

Algo cintilou em seu rosto.

— Não. Mas você não deveria ter saído sem um acompanhante.

Ela se ajoelhou nas almofadas.

— Você teria dito não.

— Com certeza.

— Não serei mantida em cativeiro novamente.

Ele se inclinou, grande e intimidador, mas ela não estava com medo. Não de Thorin.

— Estou protegendo você.

Ela olhou para ele, realmente olhou. Foi quando ela percebeu que seus músculos estavam tensos, seu peito arfava e seu rosto estava contorcido.

Ele estava preocupado com ela.

O espírito combativo a deixou. Ela estendeu a mão e tocou seu peito.

— Eu sei. Você me fez sentir segura. Mas os thraxianos me mantiveram trancada, Thorin. — Ela ofegou. — Não posso viver assim novamente.

Ele fez um barulho e a segurou, puxando-a para seu peito.

— Por que você saiu? Não gosta daqui? Quer ir embora?

— Não. — Ela se afastou. — Eu precisava fazer algo para encontrar a Rory. Segui alguns trabalhadores da Casa de Thrax na esperança de ouvir informações.

Ele a encarou por um segundo, então, com um movimento da cabeça, se sentou no sofá ao lado dela.

— Você ouviu alguma coisa?

Ela assentiu.

— Eu os ouvi conversar sobre uma mulher que os thraxianos venderam. Uma lutadora. Tenho certeza de que estavam falando sobre a Rory.

A mandíbula de Thorin se apertou.

— Ela foi vendida para quem?

— Não disseram — ela sussurrou. — *Tenho* que encontrá-la. — Regan pressionou as mãos no peito dele. — Por favor.

As mãos grandes dele envolveram as suas.

— Prometo que a encontraremos. Mas você tem que confiar em mim. Chega de fugir e se arriscar.

— Eu não pretendia começar aquela briga de bar...

— Não acho que você tenha começado. Mas você é pequena e não é tão forte quanto as outras pessoas daqui. Você não sabe como se proteger.

Ela se endireitou.

— Então você precisa me ensinar.

— O quê?

— Pode me ensinar como lutar e me defender?

Por um segundo, ele pareceu horrorizado.

— Faz sentido, Thorin. Estou no meio da galáxia, em um mundo desconhecido e perigoso, sem ter como voltar para casa. Sei que nunca serei uma gladiadora, mas preciso saber como me proteger.

Ele soltou um longo suspiro e ela pôde ver que estava cedendo.

— Por favor, Thorin.

Finalmente, ele deu um pequeno aceno de cabeça.

Ela relaxou contra ele.

— Obrigada por me ajudar. — O calor do seu corpo grande penetrou nela. Ele devia estar treinando antes de vir em seu socorro, pois ainda estava usando seu arnês de combate e todos aqueles músculos duros estavam em exibição. Ela sabia que não deveria tocá-lo, mas a vontade era maior. Estendeu a mão e passou os dedos sobre o peito dele.

Foi quando ela viu escamas cintilarem em sua pele, aparecendo em um rubor escuro.

Ela ofegou.

— Thorin.

Ele fez barulho e o brilho desapareceu.

— A sua espécie tem escamas? — ela perguntou.

— Sirrush não tem escamas.

Ela fez uma careta.

— Então por que...?

— Não quero falar sobre isso.

Havia uma acidez na voz dele, e ela engoliu em seco e afastou a mão.

— Sinto muito, não queria machucá-lo.

Ele a segurou pelo braço.

— Você não me machucou.

Ela foi para o lado dele. As escamas eram lindas. Ela o achava fascinante. Olhou para a mão grande contra a pele mais clara. Cicatrizes cruzavam seus dedos, sem dúvida, conquistadas na arena. Estava tão atraída por ele, e não apenas por sua aparência, mas por sua força e seu desejo de proteger os outros.

O desejo a invadiu. Tudo neste homem a fascinava. Se perguntou como seriam aquelas mãos em outras partes do seu corpo e, com esse pensamento, seu peito se apertou. Imaginou as mãos dele deslizando ao longo de suas coxas. Segurando seus seios. Deslizando para dentro dela. E se sentiu úmida entre as pernas.

Foi quando Thorin respirou fundo e seu rosto endureceu.

Ela olhou para ele e seus olhos se arregalaram.

— O que há de errado?

— Minha espécie... temos os sentidos aprimorados. Visão, audição... olfato.

Ela ficou rígida como metal. Ah, caramba. Ele podia sentir o cheiro da sua excitação.

— Caramba. — Ela deixou cair a cabeça no peito dele. — Isso é tão embaraçoso. Sei que você não pensa em mim dessa maneira. Você é tão grande e corajoso, e eu... não. Você pode ter a mulher que quiser...

Ele segurou seu queixo, forçando-a a olhá-lo.

— Você acha que eu não te quero?

Ela franziu a testa.

— Claro que não.

Ele fez um som parecido com um grunhido, segurou a mão dela e a puxou para seu colo.

Regan sentiu a enorme protuberância debaixo da calça de couro. Seus olhos se arregalaram. Ah. Caramba. Era o pau dele. Duro, enorme e pulsando.

— Thorin...

Os dedos dele acariciaram sua mandíbula.

— Você é bonita e delicada, mas também é inteligente e tem uma resiliência cativante. Você sobreviveu ao cativeiro, a espancamentos e tudo mais que os thraxianos fizeram. Sei que, com o tempo, você teria usado sua cabeça inteligente para se libertar. Você está errada, Regan. Quero você mais do que qualquer outra coisa.

Ele segurou a parte de trás da sua cabeça e a puxou para frente. Quando a boca de Thorin encontrou a sua, algo quente atingiu Regan. Ela entreabriu os lábios e a língua dele mergulhou em sua boca. E então ela sentiu o mundo se inclinar.

Seu beijo foi intenso, exigente. Ela deslizou as mãos para cima, alcançando a cabeça raspada. Ele tinha um pequeno cavanhaque, que arranhou sua pele, aumentando as sensações excitantes.

Ela arqueou contra ele, retribuindo o beijo. Caramba, como o queria. Desejava tocá-lo e ser tocada. Ela foi puxada contra seu peito largo, se movendo até montar em uma de suas coxas duras.

De repente, ele se levantou, tirando-a de seu colo e colocando-a de volta no sofá. Ela olhou para cima com os olhos no nível da protuberância enorme e dura em sua calça justa. Regan umedeceu os lábios e se forçou a olhar para cima.

Ele parecia um bárbaro conquistador. Seu rosto estava definido em linhas duras e seus olhos ardiam. Ele parecia perigoso, um homem no limite.

— Jurei protegê-la. — Sua voz estava tensa. — Eu te quero, mas não sou o homem certo para você.

Ela franziu a testa e sentiu um aperto no estômago.

— O quê?

— Eu sou perigoso, Regan. Você não sabe de onde venho, as coisas que fiz e quem realmente sou. Você merece o melhor.

— Não tenho poder de escolha? — Ela sentiu sua raiva aumentar. Podia ver que ele realmente acreditava em cada palavra que estava dizendo. — Você é um bom homem, Thorin, já vi isso.

— Você não entende. — Ele balançou a cabeça. — Fui jogado aqui na arena... pelo meu irmão.

Ela ofegou. Ele foi vendido pela própria família?

— Eu já era temido pelo meu próprio povo. Era um guerreiro Sirrush feroz, uma arma de guerra e matei com essas mãos. — Ele as levantou. — Elas não têm o direito de tocar sua pele. Sou um assassino, um gladiador que faz os outros sangrarem na arena, um homem que transa com centenas de mulheres cujos nomes eu nunca sei.

Suas palavras a atingiram como balas. Ela envolveu a própria cintura com os braços.

— Estabeleci uma vida aqui. E posso viver com ela, mas essa vida não é para você.

Ah, então seu gladiador era malvado demais para a pequena mulher da Terra. Ela levantou o queixo.

— Acho que você está apenas sobrevivendo, Thorin, não está vivendo de verdade.

As sobrancelhas dele se juntaram.

— O quê?

— Acho que você tem medo de buscar mais.

Ele a encarou por um segundo, a tensão emanando de seu corpo.

— Vou ajudá-la a aprender a se proteger. Vou te ajudar a encontrar sua prima, mas isso é tudo. — Ele se virou e saiu.

Regan se recostou no sofá e fechou os olhos. Então ela os abriu, tensionando a mandíbula. Seu gladiador iria descobrir o quanto essa garota da Terra podia ser forte.

THORIN CONDUZIU os dois adolescentes pelas ruas da cidade.

À frente, Raiden, Kace e Saff estavam no ponto, se mantendo atentos a qualquer problema. Nero e Lore estavam em algum lugar atrás deles, escondidos nas sombras. Thorin calculou que não estavam longe do espaçoporto agora. Apenas mais alguns quarteirões.

Esgueirar os garotos para fora da Casa de Gorm'lah foi tranquilo. Ele estava quase desapontado. Teria gostado de uma briga.

Viraram uma esquina e ele viu o brilho do espaçoporto acima dos edifícios. Olhou para os meninos. Eles estavam muito magros e pareciam cansados. Haviam dito a ele que foram sequestrados de um transporte com a família há várias semanas e acabaram sendo vendidos para Gorm'lah.

Galen tinha reservado os voos de volta para seu mundo de origem. Devia ser bom ter uma casa para onde voltar.

Um dos meninos tropeçou, e Thorin agarrou seu braço. Grandes olhos azuis o encararam e, por um segundo, eles o lembraram de Regan. A mesma inocência fresca.

— Obrigado — o menino sussurrou.

— Estamos quase chegando. — Thorin tentou impedir que sua voz soasse profunda e severa.

Quando o garoto tropeçou novamente, claramente sem energia, Thorin o pegou nos braços. Eles não podiam se atrasar.

— Você é tão forte — o garoto disse. — Eu gostaria de ser forte assim.

— Você ficará forte quando estiver em casa com sua família.

O garoto assentiu.

— Você tem família?

Thorin olhou para a frente.

— Não.

— Você foi tirado da sua família? — A voz do garoto vacilou. — Como eu?

Se ele soubesse.

— Algo parecido. Esses gladiadores são minha família agora.

— Você não gostaria de ter uma casa? Alguém para te abraçar? Alguém para cuidar de você?

As palavras inocentes do menino atingiram Thorin. Uma parte sua – que ele escondia profundamente dentro de si – queria isso.

Pensou em Regan. O jeito que ela o beijou, o tocou, seu sabor doce. Thorin soltou um suspiro forte. Sim, ele queria que alguém o abraçasse. Queria que Regan o abraçasse.

Ele conseguiu encontrar um pouco de controle e manteve seu voto para protegê-la.

— Não mereço uma família — ele disse com rispidez. — E tenho uma vida aqui.

Ele sentiu o garoto observando-o.

Felizmente, eles viraram outra esquina e a cerca de metal do espaçoporto estava bem à frente. Luzes brilhantes iluminavam todas as naves nas plataformas de pouso. Raiden acenou para que eles avançassem e eles seguiram para um portão lateral desprotegido, bem fora do alcance da segurança.

Thorin colocou o garoto ao lado do irmão.

— A nave é aquela ali. — Raiden apontou para um cargueiro volumoso. — O capitão estará esperando por vocês.

— Aqui está. — Saff entregou uma pequena sacola para o garoto mais velho. — Tem algumas roupas e outros itens essenciais.

— Muito obrigado. — O irmão mais velho segurou a bolsa com força. — Nunca poderemos retribuir o que vocês fizeram por nós.

— Não queremos pagamento — Raiden afirmou. — Agora vão.

— Fiquem seguros — Thorin disse ao garoto mais novo.

— Você também. — O garoto se inclinou para mais perto. — E todo mundo merece alguém para ser amado. Não importa o que aconteça. — Com um último olhar, o garoto se virou e segurou a mão do irmão.

Thorin ficou com os outros e eles observaram em silêncio os meninos atravessarem os patamares e alcançarem o cargueiro. Esperaram até ver suas formas entrarem na nave e desaparecerem.

— Esse sentimento nunca envelhece — Saff murmurou.

Não, ajudar as pessoas que não pertenciam à arena a voltar para casa era sempre gratificante. Thorin pensou em Regan novamente. Ele desejou poder mandá-la de volta para sua casa.

Mas ela não tinha como voltar.

O grupo deles se embrenhou nas sombras, voltando rapidamente para a arena.

— Vamos pegar a entrada sul. — Raiden seguiu ao lado de Thorin. — Você parece superprotetor com o nosso novo membro da Casa de Galen.

Thorin sentiu seu pescoço enrijecer.

— Quem?

Raiden bufou.

— Sério? Você vai fingir que não sabe de quem estou falando?

— Estou apenas ajudando-a.

— Humm. Jogando-a por cima do seu ombro e dando ordens?

Drak. Thorin olhou para a escuridão. Ele não queria ter essa conversa.

— Ela já passou por muita coisa, Thorin.

— Qual é a sua intenção? Se vai me avisar para ficar longe dela, não se preocupe. Não vou macular Regan com minhas mãos.

— Ei. — Raiden segurou o braço de Thorin e o puxou para que ele parasse. — Que *drak* é esse absurdo? Eu ia avisá-lo para ir com cuidado com ela, mas vi como você a observa.

Um músculo pulsou na mandíbula de Thorin, mas ele ficou em silêncio.

Raiden balançou a cabeça.

— Também vi a maneira como ela te observa.

Thorin também balançou a cabeça.

— Você sabe melhor que ninguém o que sou. Sabe que não posso ter uma mulher pequena e macia e não colocá-la em risco.

— Thorin...

— Deixe para lá, Raiden. Estou satisfeito por você ter encontrado a Harper, mas não tente bancar o cupido comigo.

Thorin avançou. Regan Forrest não era para ele. Não importava o quanto ele pudesse desejar que as coisas fossem diferentes.

CAPÍTULO SEIS

Thorin viu Regan atravessar a arena de treinamento. A luz da manhã estava brilhante, com os dois sóis se movendo pelo céu. Ela refletia na areia e fazia o cabelo de Regan brilhar como ouro.

Harper obviamente deu a ela algumas roupas de couro para treinamento, e a calça cobria suas pernas finas e curvas arredondadas.

Ele rangeu os dentes. Um pouco mais e ele tinha certeza de que quebrariam por causa da pressão.

— Alguma notícia sobre a Rory? — ela perguntou quando o alcançou.

— Não.

O rosto dela demonstrou tristeza.

— Sei que preciso ser paciente, mas é difícil.

— Venha. Vamos tentar algumas armas diferentes esta manhã. — Ele a levou até o armário de armas. Ele as olhou e percebeu que provavelmente pesavam quase tanto quanto ela. Pegou uma das espadas menores e a estendeu. Regan tentou levantá-la, mas mal conseguiu tirá-la do chão.

Ele pegou uma adaga grande. Para ele, era pequena, mas para Regan, era quase uma espada curta.

— Tente isso por enquanto.

Ele pegou uma espada para si e começou a lhe mostrar alguns movimentos básicos. O machado era sua arma de escolha. Ele gostava do peso, mas manteve seu treinamento com a espada.

Passo, passo, impulso. Passo, passo, impulso. Ela seguiu seus movimentos, observando-o atentamente. Thorin sabia que aquela cabecinha inteligente estava trabalhando demais. Ela estava indo bem e parecia quase graciosa quando se movia.

Ele se perdeu, observando-a. Ela tinha razão, nunca seria uma gladiadora. Não tinha força ou instinto assassino para isso. Mas ele poderia ensiná-la a se proteger.

Thorin se moveu atrás dela para corrigir sua postura, segurando o cotovelo próximo ao corpo.

— Agora faça esse movimento novamente. — Sua bunda arredondada roçou contra ele. Ele assobiou. *Drak.*

Deu um passo para trás e pigarreou.

— Tente de novo.

Ela refez os movimentos. Quando ela se moveu de forma errada, ele interveio para corrigi-la. Toda vez que ele se aproximava, seu corpo cheio de curvas roçava no dele. Isso o estava deixando louco.

— Mais uma vez — ele disse com a voz rouca.

Suas bochechas estavam rosadas agora, e um sorrisinho escapava de seus lábios.

— Certo, dessa vez eu entendi.

Ela moveu a espada no ar e os pés na areia. Quando se virou, seu corpo roçou no dele novamente. Seu rosto estava vermelho e coberto por um brilho de suor. Ela estava linda.

Thorin se afastou, sentindo que a pressão na calça estava além de desconfortável.

Quando ela deu um passo para trás e seu quadril roçou no dele, ele semicerrou o olhar. Ela estava fazendo aquilo de propósito.

Ele se afastou.

— Ótimo. Vamos para outra arma — disse a ela. Ele pegou uma rede no armário e estendeu o dispositivo em forma de ovo para ela.

Ela o segurou na palma da mão, testando seu peso.

— Isso se abre em uma rede?

Ele assentiu.

— Tudo o que você precisa é de uma boa mira e a rede irá derrubar seu oponente. Possui sensores para ajudá-la a atingir o que estiver ao seu alcance.

Ela assentiu, e eles foram para alguns dos alvos. Havia vários manequins em forma de humanoides montados.

— Certo. Vamos ver como você se sai.

Regan moveu o braço para trás e jogou o ovo. Ele voou pelo ar e a rede explodiu. Bateu sobre o primeiro manequim.

— Sim! — Ela bateu palmas.

Ele sorriu. Ela tinha boa pontaria. Não demorou muito para que ela entendesse a rede. Era muito boa nisso. Ele assentiu. Era uma boa arma para ela, porque significava que não precisava se aproximar muito de um oponente maior.

— Bom trabalho — disse a ela.

Ela se virou e lhe deu um sorriso radiante. Foi o mais feliz que ele a viu dar desde que a resgataram da nave thraxiana. Ele sabia que ela ainda estava se acostumando ao lugar e que estava preocupada com a prima. Sentiu uma onda de calor em seu peito, em algum lugar nas proximidades do seu coração.

Thorin pigarreou.

— Sugiro que continue praticando com a rede. É uma boa arma para você. Quando derrubar seu oponente, se vire e corra. Você não tem força ou treinamento para enfrentar um lutador maior. Então se afaste.

Ela assentiu.

— Entendi.

Thorin levantou o machado.

— Certo, vamos ver como você se sai numa luta de *sparring*.

Ela arqueou as sobrancelhas.

— Nós vamos lutar?

Ele passou os pés pela areia.

— É para isso que estamos aqui.

Ela assentiu com determinação, depois levantou a espada e pegou um novo dispositivo de rede.

— Está bem, grandão.

Logo eles estavam circulando um ao outro. Thorin balançou o machado na direção dela algumas vezes, observando enquanto ela se abaixava e desviava. Ela jogou o dispositivo de rede, mas passou por ele. Nas primeiras vezes, ele riu e viu que ela estava ficando com raiva, com as sobrancelhas juntas.

— Acho que você precisa de mais treino— ele falou com um sorriso.

Quando ele se virou, a rede o atingiu no peito. As cordas metálicas o cobriram, enroscando-o e o fazendo tropeçar.

Ela ficou de pé sobre ele, com as mãos nos quadris.

— Quem precisa de mais treino agora?

Ele a olhou.

Ela mordeu o lábio, parecendo estar tentando conter a risada. E então se agachou, ajudando-o com a rede.

— Deus, sinto muito.

— Não sente, não. — Ele jogou as cordas para longe, olhando para ela. — Você deveria correr.

Ela paralisou.

— Não tenho medo de você. E sinto muito, mas você me deixou irritada.

— Você não deve pedir desculpas ao seu oponente.

Ele se sentou. Do outro lado da arena de treinamento, ele podia ver Kace e Saff rindo.

Com um sorriso, Regan pegou a rede e a jogou fora. Ela estava corada e feliz consigo mesma. Ele se levantou e, um segundo depois, ela ficou na ponta dos pés e deu um beijo no seu queixo. Foi rápido e amigável.

Mas as mãos de Thorin subiram e agarraram seus pulsos. As risadinhas desapareceram.

— Eu disse que não haveria nada entre nós. O beijo, o roçar do seu corpo contra o meu... tem que parar.

Eles se entreolharam, e ele podia sentir a conexão

preenchendo o espaço e pulsando no ar. O que havia nessa mulher que o afetava assim?

— Você me quer — ela falou baixinho. — Eu quero você. Não vejo qual é o seu problema.

Ela o estava matando e ele precisava de espaço. Thorin a soltou e acenou para Kace.

— Kace, assuma o treinamento de Regan.

Seu amigo assentiu e Thorin a olhou uma última vez. Ela envolveu os braços ao redor da cintura e a dor ficou estampada em seu rosto. E então, ele se afastou.

Precisava fazer algo sobre essa necessidade ardente ou ia perder a cabeça. Entrou nos túneis e foi para seus aposentos. Um segundo depois, estava em seu quarto, batendo a porta atrás de si. A madeira chocalhou nas dobradiças.

Tinha que se refrescar. Recuperar o controle. Ele, um dos melhores gladiadores da Arena Kor Magna, não conseguia se controlar perto de uma mulher minúscula.

Ele entrou no banheiro. Tinha paredes lisas de pedra com uma banheira grande e um chuveiro ainda maior. Ligou um controle que fazia com que uma cachoeira de água caísse do teto. Garantiu que a água estivesse fria.

Ele tirou a roupa de couro e a jogou no chão, entrando no chuveiro.

A água caiu sobre seu corpo, mas não fez nada para que as imagens sumissem de sua cabeça. Imagens das bochechas coradas e sorriso bonito. Do corpo feminino cheio de curvas roçando contra o seu. Do gosto dela.

Thorin deslizou a mão pelo abdômen e segurou seu pênis que pulsava. Começou a se acariciar. Ele precisava de alívio. Talvez isso o ajudasse a encontrar o controle de que necessitava.

Mas quando ele deslizou a mão para cima e para baixo, Regan ainda estava em seus pensamentos. Ele grunhiu, acelerando os movimentos e sentindo o desejo apertar seu estômago. Foram aquelas pernas finas e curvas deliciosas que o fizeram ejacular no chão.

ERA NOITE DE LUTA NOVAMENTE.

Regan se sentou nas arquibancadas e, desta vez, não achou a multidão tão avassaladora. Talvez fosse porque ela sabia o que esperar agora. Mas também sabia que não era só isso. Estava encontrando seu equilíbrio, recuperando suas forças. Ela beijou Thorin, o provocou, gritou com ele. A Regan de antes teria pavor de fazer essas coisas.

Mas o maior sentimento que corria por suas veias hoje à noite era emoção. Mal podia esperar para ver Thorin lutar, seu corpo grande e poderoso se mover pela areia. Harper ia lutar hoje à noite também e Regan estava animada para ver sua amiga na arena.

— Gostaria de *mahiz*?

Ao seu lado, Kace entregou uma pequena tigela cheia de um petisco crocante. Ele estava vestindo uma camisa azul que combinava com seus olhos e calça escura.

— O que é isso? — ela perguntou.

— É feito de um vegetal. Tem que cozinhar ele até que se abra.

Ela colocou alguns dos pedacinhos em forma de

estrela na boca. Era salgado e parecia um pouco com pipoca.

— O Raiden vai lutar com a Harper esta noite? — Ela pegou outro punhado de *mahiz*.

— Sim. E a Saff será parceira do Thorin.

— Você não se importa?

Ele balançou a cabeça.

— É um prazer lutar com a Saff, mas é bom variar algumas vezes. Você aprende mais e não fica complacente.

Regan assentiu. Ela sabia que cada um dos gladiadores tinha um parceiro. Eles treinavam juntos, aperfeiçoavam seus movimentos e se protegiam. Harper havia lhe dito que isso era algo exclusivo da Casa de Galen, o que lhes dava vantagem.

O rosto de Kace estava tão sério que ela se perguntou se ele sorria. Sempre que estava perto dele, sentia que ele carregava um peso. Sabia que ele não era escravo, mas era um voluntário da arena. Havia sido enviado por seus militares para aprimorar suas habilidades.

— Você sente falta do seu planeta?

Ele olhou para ela por um segundo.

— Sinto falta do meu trabalho e do meu esquadrão.

De repente, ela sentiu o chão vibrar. Um silêncio caiu sobre a multidão. Regan se remexeu em seu assento e o medo apertou seu estômago. O que estava acontecendo?

Um momento depois, o centro do piso da arena se abriu e seis robôs gigantes surgiram. Ela arregalou os olhos. Não podia acreditar no que estava vendo.

O medo corria em suas veias. As máquinas eram enormes e em forma de humanoide.

— O que é isso?

— Esta noite, teremos uma luta de robôs — Kace explicou quando a multidão começou a aplaudir. Era um som selvagem que lembrava um trovão.

— Luta de robôs? Os gladiadores precisam lutar contra essas máquinas? — A voz dela vacilou.

— Eles vão ficar bem. — Kace parecia completamente despreocupado.

Os gladiadores da Casa de Galen entraram na arena.

Harper e Raiden estavam na liderança, ignorando completamente a multidão. Thorin e Saff vieram em seguida, ambos levantando os braços e incentivando o público. Atrás deles, estavam Nero e Lore.

Quando eles se aproximaram dos robôs, até a poderosa forma de Thorin parecia pequena.

O primeiro robô avançou, balançando um porrete enorme. Seu golpe acertou o chão, levantando uma nuvem de poeira. A multidão soltou uma rodada feroz de gritos.

Ela viu os gladiadores pararem por um minuto para conversar. Então, com um rugido selvagem, Thorin correu. Seu corpo grande avançava. Ele balançou o machado e atacou.

O porrete do robô caiu, e Thorin se esquivou, rolando pela areia. Ele ficou de pé e desviou do outro braço do robô. Então se agachou, batendo o machado em uma das pernas da criatura.

Os outros gladiadores se espalharam, avançando, mas Regan só tinha olhos para Thorin.

O robô bateu seus pés gigantes, levantando mais poeira, e por pouco ela não viu Thorin. Enquanto a máquina empunhava o porrete novamente, Thorin jogou o machado. Ele se encaixou na coxa do robô, provocando uma chuva de faíscas.

Thorin se levantou e Saff apareceu atrás dele. Ela jogou a rede, que se enroscou nas pernas do robô. A máquina começou a chutar, tentando se libertar. Thorin arrancou o machado, recuou e bateu a arma no joelho dele, cortando sua perna.

O robô se inclinou como uma árvore derrubada. Ele bateu no chão e as luzes piscaram em seu peito antes que se apagassem.

A multidão ficou de pé, batendo palmas e gritando.

Em seguida, ela viu Raiden e Harper correrem juntos em direção a uma segunda criatura. Os dois se abaixaram e suas espadas cortaram o metal. Raiden levantou Harper, jogando-a para cima. Regan observou, com o coração na garganta, enquanto sua amiga segurava o braço do robô e começava a subir. Ela escalou com agilidade, mantendo o equilíbrio enquanto a máquina se movia. Então ela agarrou o ombro dele e subiu mais. Ele se sacudiu, tentando soltá-la, mas ela segurou firme.

Harper subiu atrás da cabeça do robô e sacou as espadas. Estendeu a mão e enfiou as lâminas nas órbitas brilhantes.

A máquina enlouqueceu. Começou a tremer e a se contorcer. Ela girou loucamente, e Harper perdeu o equilíbrio. Ela voou para trás. A multidão ofegou e Regan se levantou. *Harper*.

Raiden levantou os braços e pegou Harper no ar. Quando o robô caiu atrás deles, Raiden puxou Harper para perto e deu um beijo em seus lábios.

Eles estavam muito vivos. Muito apaixonados. Regan apoiou a palma da mão no coração acelerado. A arena era violenta, mas havia algo sobre ela. Era tudo sobre emoção nua e crua. Observar esses gladiadores indo ao limite e trabalhando juntos como uma equipe, arrancava todo tipo de emoções da multidão.

Lore derrubou outro robô e depois girou para encarar a multidão. Ele bateu palmas e a fumaça subiu do chão da arena, como uma nuvem de tempestade.

A fumaça mudou de cor, passando para vermelho e cinza da Casa de Galen. Lore girou com elegância e confetes vermelhos caíram como pétalas de rosa.

A multidão adorou. Também deu cobertura para Nero quando ele atacou outra criatura com lâminas giratórias. Ele lutou com determinação e poder implacáveis, e logo o robô não passava de metal torcido na areia.

Ainda faltavam mais dois deles.

Regan observou, com o coração batendo forte enquanto Thorin e Saff derrubavam o próximo. Quando ele caiu de costas no chão, Thorin saltou sobre o peito dele e o atacou com o machado. Ele era como um homem selvagem, batendo sem parar até arrancar o coração mecânico do robô.

Ele o segurou acima da cabeça e a multidão gritou seu nome. Regan gritou mais alto que todos.

THORIN ESTAVA ARFANDO. Ele se moveu e percebeu que suas escamas estavam de fora. A sede por sangue o estava conduzindo.

Uma boa luta sempre fazia isso. Olhou para cima, seu olhar inconscientemente procurando a multidão, e viu Regan. Ela estava aplaudindo, com os braços erguidos. Torcendo por ele.

A luxúria o atingiu. *Drak*, ele queria que ela o observasse. Que visse sua força e habilidades. Que *o* enxergasse.

Mesmo do outro lado, ele a viu ficar imóvel, com o olhar preso ao seu. Sabia que ela podia sentir isso. Sabia que ela estava pensando nele tocando-a, sugando-a, se movendo com firmeza dentro de seu corpo.

O som da luta o fez desviar o olhar. Os outros haviam derrubado o último robô, mas sua arma era uma carga elétrica perigosa que chiava por todo o corpo da máquina.

Se sentindo acelerado, Thorin avançou. Com um rugido poderoso, ele balançou o machado e bateu no peito da criatura. As faíscas voaram ao seu redor.

Quando ele puxou o machado para fora do metal e deu um passo para trás, o resto da equipe se apressou para acabar com a máquina gigante.

Ele olhou para Regan novamente, e ela ainda estava comemorando.

Ele ficou lá, sentindo a última onda de energia através de seu corpo. Estava encharcado de suor e, embora não houvesse sangue esta noite, estava cercado por metal cortado e componentes arruinados. Destruição.

Não. Ele deveria ficar longe de Regan. Ela merecia mais do que isso, que não era seu pior. Ele precisava controlar essa *coisa*.

Suar e espancar coisas nos treinos e na arena não

estava funcionando. Se masturbar também não. Ele precisava tentar outra coisa.

Quando se virou, o apresentador declarou a Casa de Galen como vencedora.

Raiden se aproximou dele e lhe deu um tapa nas costas.

— Você estava com tudo essa noite, meu amigo.

— Somos os donos da arena — Saff gritou.

Juntos, eles se viraram e foram em direção aos túneis. Thorin levantou a mão para a multidão aplaudindo, mas prestou pouca atenção. As emoções estavam girando dentro dele. Sentiu algo mexer profundamente em seu peito. *Drak.*

No túnel, viu Regan esperando por eles. Ela era tão bonita, tão limpa.

Ela era a luz. E ele, a escuridão. Ele nasceu sombrio, afiado em sombras ensopadas de sangue, e nada jamais mudaria isso.

Regan sorriu para ele e uma onda de pânico o atingiu. Ele tinha que fazer alguma coisa ou iria sucumbir, reivindicá-la como sua e nunca mais soltá-la. Ela não tinha compreensão do que aquilo realmente significava.

Ela começou a andar em sua direção, e ele sabia que desta vez não poderia afastá-la.

De repente, duas mulheres surgiram na frente dela em uma nuvem de perfume. As duas torcedoras correram até ele, gritando seu nome.

As duas eram altas, tonificadas, com longos cabelos pretos ondulados e rostos bonitos. Um se agarrou ao seu lado enquanto a outra pressionou o corpo contra seu peito e deslizou as mãos sob o cinto de couro.

Ele olhou para elas e não sentiu... nada. O desejo pulsava através dele, mas era apenas por uma mulher. A única que ele prometeu manter distância.

— Beije-me, Thorin! — Uma das mulheres deu um beijo na mandíbula dele. — Quero que seja forte e intenso, gladiador.

Ele olhou para cima e viu Regan observando-o, paralisada.

Sentiu Raiden e Harper se aproximarem.

Então Thorin assentiu.

— Claro, linda.

Instantaneamente, ela colou os lábios nos seus, enfiando a língua em sua boca. Ele ficou parado por alguns segundos, mas depois não conseguiu aguentar. Levantou a cabeça e olhou para cima bem a tempo de ver o rosto magoado de Regan.

A segunda mulher ao seu lado passou a mão pelo seu abdômen, deslizando para baixo. Ele agarrou seus dedos antes que ela os deslizasse para dentro da calça.

Desta vez, quando olhou para cima, Regan tinha ido embora.

Raiden passou por ele, balançando a cabeça.

— Idiota.

CAPÍTULO SETE

Regan trabalhou a noite toda. Ela sabia que estava se movendo loucamente, correndo de teste em teste e experimento em experimento. Mas queria preparar o gel medicinal e precisava se manter ocupada.

Precisava manter a cabeça longe de Thorin.

Só de pensar no nome dele sentia seus músculos travarem. Imagens surgiam na sua cabeça, dele deitado na cama grande com as duas mulheres nuas se esfregando sobre ele.

Deixou cair um copo de vidro, que quebrou ao bater no chão de pedra. *Droga.*

Regan se forçou a respirar com calma. Em seguida, se abaixou para limpar a bagunça. Um pedaço de vidro espetou seu dedo e ela contraiu a mão. Uma pequena gota de sangue surgiu e ela enfiou o dedo na boca. Não era nada. Nada comparado à dor em seu peito.

Ela suspirou. Thorin não era seu, nunca foi. Olhou para cima, observando as bancadas lotadas do laboratório. Esse era o seu espaço. Era ali o seu lugar. Sentiu os olhos se encherem de lágrimas e lutou contra elas. Não tinha nada que correr atrás de um gladiador grande e selvagem.

Ela era a dra. Regan Forrest. Cientista competente e sensata. Lutou contra as expectativas de seus pais para seguir sua carreira. Eles queriam que ela fosse outra coisa e parecia que Thorin também queria algo diferente.

Ninguém nunca aceitou Regan por quem ela era.

Pare de sentir pena de si mesma. Ela se levantou e endireitou seu top azul simples. Ela só tinha que se concentrar no que havia alcançado. O gel medicinal aprimorado estava pronto. Realizou todos os testes que queria e sabia que era muito melhor que o produto original. Também realizou testes em vários cremes diferentes para ajudar a relaxar os músculos doloridos. Virou a cabeça para a borda da janela, onde estavam todas as suas plantas. E conseguiu fazer com que um caule morto se transformasse em uma linda flor. Tinha um tom vermelho forte com bordas brancas. A flor tinha três pétalas, cada uma enrolada com uma borda estriada. E o perfume – ela respirou fundo – nunca tinha sentindo um cheiro tão bom.

Sim, ela se concentraria em seu trabalho e não no gladiador teimoso que partiu seu coração.

Pressionou as palmas das mãos contra a superfície da bancada. *Filho da mãe.* Não havia necessidade de magoá-la assim e esfregar aquilo na sua cara. Regan colocou uma mecha de cabelo atrás da orelha.

Em algum momento durante a noite longa e solitária, ela percebeu que era dependente de todos ali na Casa de Galen. Usava Thorin para conforto e proteção, Harper para apoio emocional e Galen para todo o resto.

Não tinha dinheiro e dependia do que os outros lhe davam.

Se essa seria sua casa, precisava encontrar uma maneira de se sustentar. Estava na hora de se defender.

Pegou uma faquinha e o tubo de gel medicinal finalizado da bancada. Depois, jogou um pequeno pano sobre a planta que estava florescendo e a colocou debaixo de um braço. Era delicada e não gostava de muita luz.

Sabia que ainda era cedo, mas saiu do laboratório e seguiu pelo corredor em direção ao escritório de Galen. A grande porta de madeira era incrustada com uma versão em metal do logotipo da casa - aquele perfil feroz de gladiador.

Ela não bateu, simplesmente entrou.

Galen ergueu a cabeça. Estava sentado atrás de uma mesa gigante de madeira. Atrás dele, as grandes janelas em arco ofereciam uma bela vista dos sóis nascentes e da arena de treinamento vazia.

Ele franziu o cenho para ela e, com o tapa-olho no rosto cheio de cicatrizes, ela pensou que ele parecia um guerreiro zangado.

— E bom dia para você — ele falou com sua voz profunda. — Entre.

Ela soltou um suspiro.

— Me desculpe. — Ela não precisava irritar outras pessoas. — Você tem alguns minutos?

Ele se recostou e acenou com a mão para uma das cadeiras na frente da mesa. De perto, ela viu que a mesa era feita de madeira escura e granulada. A grande cadeira era feita de couro de algum animal.

Ela se acomodou e colocou suas coisas sobre a mesa.

— Antes de tudo, quero agradecer por me receber. Estive ocupada me instalando e tentando colocar a cabeça no lugar...

Ele franziu a testa.

— Colocar a cabeça...?

— Me desculpe. É uma expressão da Terra. Tenho tentado entender tudo. Eu realmente não agradeci. Sei que não sou gladiadora, mas quero encontrar uma maneira de ganhar meu sustento. De ganhar a vida.

Galen a observou com aquele único olho azul claro como um laser. Regan teve a impressão de que o homem era bom em ler as pessoas rapidamente.

Ele apoiou as mãos na mesa.

— Estou ouvindo.

Ela colocou o tubo de gel no centro da mesa.

Uma das sobrancelhas dele se levantou.

Talvez fosse melhor se ela simplesmente mostrasse. Puxou a faca e cortou a palma da mão, estremecendo com a dor.

Galen empurrou a cadeira para trás e ficou de pé.

— Cacete.

— Está tudo bem. — Ela estendeu a mão e colocou um pouco do gel na palma. — Tenho trabalhado para melhorar as propriedades do gel medicinal. — Ela estendeu a palma da mão para que ele pudesse ver as bordas da ferida seladas. — Uma ferida que costumava levar horas para curar, agora se cura em apenas alguns minutos.

Ele se sentou devagar na cadeira, com um brilho no olho.

— Bom trabalho.

— Obrigada. Sou botânica especializada nas propriedades curativas de plantas. Era o que eu fazia antes. Juntei todas as plantas que pude encontrar por aqui e as estudei. — Ela sentiu uma onda de calor em suas bochechas. — É o que sei fazer.

— É impressionante.

Ela deu de ombros.

— Não é tão impressionante quanto combater com gladiadores gigantes na arena.

Ele a observou atentamente.

— Discordo. É apenas diferente.

Os elogios fizeram seu peito esquentar.

— No que mais você está trabalhando? — ele perguntou.

— Em algumas outras coisas agora, mas nada está pronto ainda. — Ela deu de ombros. — Outro sucesso que tive é algo com o qual você talvez não se importe.

— Vamos ver.

Ela levantou o pano que estava sobre a flor. Seu perfume flutuou ao redor deles.

Um olhar engraçado cruzou o rosto de Galen.

— Você sabe o que é isso?

Ela fez uma careta.

— Uma flor. Bem, antes era um talo morto na sala de estar. — Ela se remexeu. — Não achei que alguém se importaria se eu a pegasse. Eu só a reguei e fertilizei.

— É chamada de *oria*.

— Certo. — O nome era bonito.

— Regan, é a flor mais rara da galáxia. Dizem que foram os próprios Criadores que a desenvolveram.

Regan inclinou a cabeça, sua curiosidade aumentando.

— As espécies exóticas que semearam a vida em toda a galáxia? — Ela ainda não conseguia entender a ideia de que uma espécie avançada viajou pela galáxia milhões de anos atrás, plantando vida em vários planetas, como jardineiros cósmicos.

— Sim. A *oria* é muito apreciada por seu aroma e até adorada por algumas espécies. Este foi o presente de um patrocinador muito satisfeito e muito rico. Tentamos desesperadamente mantê-la viva, sem sucesso – como você sabe. Vale tanto quanto pago aos meus gladiadores por ano.

A boca de Regan se abriu. Ela estendeu a mão para tocar a flor.

— Oh.

Galen se inclinou para frente.

— O que eu pago a *todos* os meus gladiadores.

Ela afastou a mão.

— Ah, meu Deus.

Ele lhe deu um leve sorriso.

— Acho que posso encontrar um comprador para você. Para o gel e a *oria*.

— Comprador? Ah, bem, eles não são realmente meus. Eu só esperava que você me pagasse um salário para trabalhar nessas coisas...

— Você cria, é seu. A Casa de Galen terá uma comissão, mas o resto te pertence.

Ela se recostou na cadeira.

— Uau.

Ele sorriu novamente, o que não fez nada para suavizar seu rosto intimidador.

— Bom trabalho. Vou marcar uma reunião para a venda no mercado. Pedirei a Thorin para acompanhá-la.

— Não. — A palavra escapou dela.

Galen semicerrou os olhos.

Ela engoliu em seco.

— Quero dizer, sim, por favor, para a reunião. Mas não para Thorin. Talvez outra pessoa?

Galen ficou olhando para ela.

— Por favor — ela sussurrou.

Finalmente, ele assentiu.

— Enquanto isso, continue seu trabalho no laboratório.

Apesar da dor ainda alojada em seu peito, Regan sentiu algo dentro de si. Ela não seria mais dependente de ninguém.

Talvez ela pudesse realmente viver aqui sozinha.

THORIN LEVANTOU a garrafa de cerveja e tomou um gole. Estava esparramado em uma cadeira na sala de estar, sem interesse em conversar com ninguém. Observou a luz da manhã se movendo lentamente pelo chão.

Aos poucos, os outros começaram a entrar.

Lore levantou a mão, seus longos cabelos ainda estavam emaranhados.

— Parece que você não dormiu muito.

Thorin levantou a garrafa novamente, sem palavras. Era verdade.

Uma porta se abriu e Harper entrou. Ela lhe deu um olhar ameaçador antes de seguir para a área onde a equipe da cozinha tinha servido o café da manhã.

Nero entrou pisando duro.

— Ouvi dizer que haverá uma tempestade de areia a oeste. Deve ser divertido.

As tempestades de areia elétricas em Carthago podiam ser espetaculares... e perigosas. Todo mundo teria que se agachar lá dentro e esperar. Se tivessem sorte, ela mudaria de direção e não atingiria Kor Magna. Se não tivessem, bem, a tempestade corresponderia ao humor de Thorin.

Os passos pesados de Raiden soaram e seu amigo parou ao lado da cadeira de Thorin.

— Cerveja no café da manhã?

Thorin grunhiu.

— Terminando minha noite de comemoração.

— Certo. Ouvi dizer que você mandou aquelas mulheres embora.

Thorin ficou tenso, seus dedos se curvando na garrafa.

Raiden se sentou em uma cadeira ao seu lado e esticou as pernas. Ele abaixou a voz depois de lançar um rápido olhar ao redor da sala.

— E você as mandou embora logo depois que chegamos aqui. Portanto, ou seu poder de satisfação caiu significativamente ou você não aceitou as ofertas delas.

Thorin tomou outro gole de cerveja.

— Onde você quer chegar?

— Acho que o show foi para a Regan. O que não entendo é por quê?

Thorin ficou calado.

— Ela gosta de você, Thorin. Se você não a quer, apenas diga a ela. Algum outro cretino sortudo irá conquistá-la.

A garrafa na mão de Thorin se quebrou e o vidro se espalhou pelo chão. A sala ficou em silêncio instantaneamente. Ele baixou a voz ainda mais.

— Eu a quero mais do que preciso respirar, Raiden.

Seu amigo franziu a testa.

— O que está te impedindo?

— Não sou bom para ela.

— Isso é conversa fiada.

Thorin virou a cabeça, franzindo a testa para a palavra estranha.

— O que isso significa?

— É uma expressão da Terra que aprendi com a Harper. Significa que você está criando desculpas. Você merece uma mulher cheia de bondade. Uma mulher como a Regan. — O olhar de Raiden foi para Harper. — Elas mudam você, até o mundo exterior, tornam tudo melhor e mais valioso. — Os olhos verdes de Raiden encontraram os de Thorin. — Isso é bom.

— Você sabe de onde vim. Me viu no meu pior quando cheguei aqui. — Caramba, sem Raiden, Thorin teria se autodestruído há muito tempo. — Sabe o que eu sou.

— Ainda é conversa fiada. — Raiden se inclinou para frente. — Você não é um pedaço da sua herança, Thorin.

É o homem que você se tornou. Você é um bom amigo, um bom gladiador e um bom homem.

Drak. Thorin olhou para as suas mãos. Queria acreditar nisso, mas se recusava a fazer qualquer coisa que pudesse prejudicar Regan.

Outra porta se abriu e Galen entrou.

— Ouçam. Um dos meus informantes me deu retorno. Posso ter algumas pistas sobre a localização de Rory.

A atmosfera na sala mudou, ficou mais focada. Todos foram para a mesa, onde Galen colocou uma folha de papel.

— Primeiro, preciso saber se é ela.

Harper se aproximou. Thorin olhou para a imagem e viu uma mulher com um rosto interessante, um queixo pontudo e um olhar duro, com olhos verdes salpicados de dourado. Cachos avermelhados – um tom único que ele nunca tinha visto antes – emolduravam o rosto dela.

Harper soltou um suspiro trêmulo.

— É ela. É a Rory. Ela ainda está aqui e está viva. E agora?

— As informações da Regan estavam corretas. Os thraxianos a possuíam, mas depois a negociaram em uma venda particular — Galen disse.

— O que isso significa? — Harper perguntou com uma careta.

— Significa que, se descobrirmos quem participou da venda particular, podemos identificar mais facilmente quem a possui.

— Como descobriremos quem estava na venda? — Lore perguntou.

— Estou trabalhando nisso — Galen falou, batendo um dedo contra a mesa. — Outro contato me disse que pode conseguir a lista de convidados para a venda. Infelizmente, ele trabalha em seu próprio horário e apenas à noite.

— Zhim — Thorin falou. O comerciante vendia informações, era o melhor em Carthago e também custava um valor considerável.

A boca de Galen se apertou.

— Infelizmente, sim.

Thorin se levantou.

— A Regan vai querer saber disso. — Ele deu dois passos, indo em direção ao quarto dela.

— Ela não está aqui — Galen avisou, fazendo com que ele parasse.

Thorin lutou contra um aperto no estômago.

— Onde ela está?

— Foi ao mercado.

Thorin ficou rígido.

— Sozinha?

— Não. Pedi ao Kace que a acompanhasse. — Galen olhou para ele. — Estranhamente, ela não quis que você fosse com ela.

Thorin absorveu o golpe. Kace, que tinha boa aparência e era atraente, era exatamente o tipo de homem que Regan merecia. Era contido, controlado e nunca perdia a calma, mesmo no meio de uma luta. Ele não festejava com mulheres, não exagerava e era um ótimo lutador. Ele a protegeria.

Um músculo pulsou na mandíbula de Thorin. *Drak.* Ele se virou e saiu em disparada.

REGAN ENTREGOU o tubo de gel medicinal e pegou as moedas em troca. Ela sorriu para a mulher alienígena e agradeceu.

Sabia que havia um sistema de crédito eletrônico em uso em Carthago, principalmente no distrito, mas aqui no mercado, Galen tinha avisado que os habitantes locais preferiam fazer permutas, trocar moedas ou executar guias com o uso de um token para aqueles em quem confiavam.

Regan se virou para voltar ao mercado. Ela olhou para as moedas de ouro brilhando em suas mãos e sorriu.

— Melhor esconder isso.

Ela sorriu para Kace e enfiou as moedas no bolso.

— Obrigada por vir comigo.

Um leve sorriso apareceu nos lábios do gladiador.

— O prazer é meu.

Seu rosto tinha linhas firmes, uma mandíbula forte, e não havia como negar que ele era bonito. Ele não pareceria deslocado como o herói em um filme de ação de grande sucesso na Terra. Mas ela o viu lutar com precisão e foco militar que eram mais do que um pouco assustadores.

Ela observou Kace em mais detalhes. Músculos definidos, pele bronzeada e aquele rosto. Não podia ver o tormento e a escuridão que via em Thorin. Kace tinha essa contenção e controle sobre si, mas... ela inclinou a cabeça, estudando os olhos azuis dele. Havia algo à espreita lá.

— É melhor voltarmos à Casa de Galen. — Kace a apontou na direção certa.

A agitação do mercado era alta. Estando no subsolo, o barulho das conversas e os gritos dos vendedores ambulantes ecoavam nas paredes de pedra. Ali perto, ela podia sentir o cheiro de algo cozinhando.

— Estou feliz por termos nos livrado da *oria* primeiro — Regan falou. Ela estava nervosa demais por carregar a planta envolta em um pano, sabendo o quanto valia.

O pequeno sorriso de Kace se alargou.

— Eu também. Elas são reverenciadas no meu planeta.

— É mesmo?

Ele assentiu.

— Se você olhar atentamente a minha meia armadura na próxima luta, verá uma *oria* estilizada gravada nela. Eu nunca tinha visto uma de perto antes.

Ela bufou.

— Você come todos os dias ao lado dela na sala de estar.

— Eu achei que era só um pedaço de pau.

Galen foi fiel à sua palavra. Ele arranjou um comprador para a *oria*. O homenzinho que eles encontraram quase tropeçou para pegar a planta. Ele transferiu créditos para uma conta que Galen havia providenciado. Ela não podia se imaginar carregando tantas moedas por aí.

E agora ela vendeu seu gel medicinal e fechou um acordo permanente para vender mensalmente mais tubos para a mulher que administrava um centro de cura aqui em Kor Magna.

Eles passaram por um dos buracos. Era muito menor do que o usado como entrada. Este servia como uma claraboia para o mercado subterrâneo.

Regan olhou para cima e a luz do sol cintilou em seu rosto. Podia ver uma grade ornamentada cobrindo o buraco para impedir que uma pessoa caísse ali. Apesar das dores que ainda carregava graças a um certo gladiador, estava se sentindo bem.

— Você é uma mulher rica agora. — Kace se aproximou, conduzindo-a através da multidão.

Ela conseguiu sorrir.

— Talvez eu vá para o distrito tentar jogar. Ouvi dizer que os cassinos são incríveis. — Ela balançou a cabeça. — Eu estava completamente sem dinheiro quando acordei esta manhã.

— Não parece que você acordou hoje de manhã.

Ela franziu o cenho para ele.

— O que você quer dizer?

Ele estendeu a mão e gentilmente tocou debaixo de um dos olhos dela.

— Você não parece ter dormido.

Ela deu de ombros.

— Estava ocupada no laboratório.

— Tudo bem. O Thorin é um idiota.

— Não quero falar sobre ele. — Ela avançou, acelerando o passo. Enquanto eles se moviam ao longo das bancas e túneis, passando em diferentes partes do mercado, ela viu Kace examinar a multidão à frente. Ele usou seu grande corpo para impedir que as pessoas esbarrassem nela. Parecia que todos esses gladiadores da Casa de Galen tinham o gene protetor.

— Vejo o jeito que você olha para ele — Kace comentou.

Ela ficou em silêncio, curvando os dedos contra as palmas das mãos.

— E a maneira como ele olha para você.

Ela parou, apertando as mãos nas dobras do vestido.

— Ele levou algumas daquelas mulheres, as fãs de gladiadores, para o seu quarto na noite passada. Ele fez sua escolha.

Kace não pareceu estar convencido. Ele a conduziu pelo túnel.

— Este é um atalho de volta para a entrada. Olha, o Thorin é... complicado.

— Nada é tão complicado, Kace. Querer alguém, querer estar com a pessoa, não deve ser complicado. Não se você quiser alguém do jeito que ela é. — Seu coração parecia estar se apertando em uma pequena bola. — Não estou pedindo a Thorin para mudar quem ele é. Sei tudo sobre isso. Todo mundo na minha vida queria que eu fizesse outras coisas ou fosse outra coisa apenas para agradá-los. — Ela não faria o mesmo com Thorin.

De repente, Kace ficou quieto, seu olhar focado à frente deles. Ele estendeu a mão e a puxou para mais perto.

Regan olhou para frente. O túnel estava completamente vazio e envolto em sombras.

Um sentimento de que havia algo errado a atingiu e seus músculos ficaram tensos. O túnel deveria estar cheio e as luzes, acesas.

De repente, um homem saiu correndo da escuridão.

Kace empurrou Regan, e ela tropeçou. Mais dois

homens avançaram, se juntando ao primeiro. Todos atacaram Kace. O gladiador lutou com sua habitual intensidade letal. Os sons de chutes, golpes e socos duros ecoavam nas paredes. Kace conseguiu derrubar vários homens antes que uma mulher alta entrasse na luz e espetasse algum tipo de dispositivo na lateral de Kace. No segundo seguinte, Regan viu a eletricidade azul correr por todo o corpo dele.

Ele paralisou no lugar, seu corpo estremeceu e suas costas arquearam. Ele conseguiu virar a cabeça e olhar para ela. Ela viu seus lábios se moverem.

Corra.

Regan se virou e correu.

Ela os ouviu vindo atrás dela. Ouviu seus passos batendo. O fim do túnel parecia anos-luz de distância.

Braços a envolveram e a levantaram.

O medo a atravessou. Parecia que ela estava de volta com os thraxianos. Lutou e chutou, até que o choque elétrico a atingiu.

Caiu de joelhos, sentindo todos os músculos tremerem e não mais sob seu controle. Aquilo doía. Doía muito.

Ela lutou para respirar, para ver e não entrar em pânico. Em seguida, desmaiou.

CAPÍTULO OITO

Thorin empurrou a multidão, tentando encontrar Kace ou Regan.

Questionou alguns donos de barracas, que disseram que eles haviam seguido pelo túnel à leste do mercado.

Também comentaram sobre a minúscula mulher da Terra que era encantadora, alegre e animada. Thorin odiou ter perdido a chance de estar lá para vê-la vender suas coisas.

Ele entrou no túnel leste e viu uma multidão preocupada, agitada e falando sem parar.

Thorin empurrou as pessoas para passar.

— O que está acontecendo?

Quando a multidão se afastou, ele viu Kace deitado de bruços no chão. Machucado, ensanguentado e inconsciente. Algumas pessoas estavam tentando ajudá-lo e alguém tinha reconhecido Kace e enviado uma mensagem para Galen.

Drak. Thorin caiu de joelhos.

— Kace? — Ele verificou os sinais vitais do gladiador e

deu um tapa na sua bochecha. — Vamos lá, Kace. Hora de acordar.

O homem começou a se mover. Thorin levantou a cabeça, esperando encontrar Regan na multidão. Ela não estava lá. O pânico fechou sua garganta. Onde ela estava?

— Kace — chamou com mais urgência.

Os olhos do homem se abriram. Pareciam enevoados e sem foco.

— Estou bem.

Thorin o ajudou a se sentar.

— Vai com calma.

— Eles me surpreenderam. — Quando Kace se inclinou para a frente, ele gemeu. — Dói como os incêndios de Vulca.

Thorin segurou os ombros do homem.

— Onde está a Regan?

Kace endureceu e seus olhos clarearam.

— Depois que eles pularam em mim, eu disse para ela correr. Ela voltou para a Casa de Galen?

Droga. Thorin tinha um mau pressentimento sobre isso.

— Você está procurando a mulher? — Um homem mais velho se aproximou. — A mulher pequena?

Thorin se levantou.

— Sim. Você a viu?

— Eles a levaram. Ela lutou muito.

Não. Thorin lançou um olhar duro ao homem.

— Mande uma mensagem para a Casa de Galen. Informe que a Regan foi levada. Vá.

O homem engoliu em seco e, com um aceno de cabeça, correu.

— Ninguém se mexe — Thorin exigiu. — Preciso dar uma olhada nas marcas no chão.

Ele se moveu em círculos metódicos, olhando para o chão duro e arenoso. Podia identificar onde a multidão entrou e saiu do túnel para ajudar Kace. Mas também notou os sinais de uma luta na areia.

Kace tinha lutado muito.

Então ele viu as pegadas menores de Regan. Thorin se agachou, tocando-as com gentileza. Estavam cercadas por outras muito maiores. Ele seguiu as impressões dela até que desapareceram abruptamente. Viu o lugar onde ela havia caído e alguém a pegou.

Eles a machucaram? Estava morta?

Parou os pensamentos imediatamente e respirou fundo. Tudo em que ele podia se concentrar era em encontrá-la. Sentiu o leve cheiro do seu perfume.

— Você pode rastreá-la? — Kace estava ao seu lado, oscilando um pouco.

— Sinto o cheiro dela. Vamos ver até onde posso senti-la. — Thorin prometeu que iria aos confins do planeta, se fosse preciso.

Kace deu um passo para segui-lo.

Thorin o rodeou.

— Você não está em condições.

— Eu vou — Kace respondeu com um tom inflexível.

Finalmente, Thorin assentiu. Eles se moveram juntos, atravessando os túneis de trás, os menos usados, menos movimentados. Este era o ventre escuro do mercado, o lugar onde se podia encontrar coisas que não eram tão bonitas ou legais. Ele seguiu o cheiro indescritível, aquele aroma tão doce de Regan. De vez em quando, via algumas das pegadas maiores que tinha visto na zona de combate.

Então ele viu os passos de Regan novamente. Ela se soltou e correu, mas eles a atacaram. Havia um pedaço de terra com marcas maiores e uma pequena marca de mão. Ela foi derrubada e eles a chutaram. Viu uma gota de sangue vermelho rubi manchando a areia.

O sangue de Regan.

Quando ele fechou a mão com força, os nós dos dedos estalaram. Alguém pagaria.

Finalmente, eles chegaram ao fim do túnel. Ele se dividia em duas direções. Uma descia para os níveis em que ele sabia que alguns dos moradores mais pobres de Kor Magna viviam – aqueles que não podiam comprar casas na superfície.

A outra direção levava a um poço muito grande que era equipado com um elevador de transporte para mover mercadorias para a superfície. O mais leve traço de seu perfume levava ao túnel. Seu estômago se apertou. Puta merda, se eles a levassem à superfície e entrassem em um transporte antes que pudesse alcançá-los, ele a perderia. Não seria capaz de seguir sua trilha.

Ele se virou em direção ao elevador e se moveu mais rápido, com Kace logo atrás.

Eles saíram do túnel.

— Drak — Kace xingou.

Thorin levantou a cabeça. Um transporte volumoso, com as portas traseiras abertas estava na plataforma do elevador. Um grupo de pessoas estava tentando forçar Regan a entrar na traseira do veículo.

Ela estava se debatendo, lutando como uma mulher selvagem.

Na parte de trás do transporte, Thorin viu uma gaiola.

Estendeu a mão por cima do ombro e puxou o machado. Estavam tentando forçá-la a entrar em uma jaula. Algo sombrio e perigoso se agitou dentro dele. Uma parte sua que não sentia há muito tempo.

Não emitiu nenhum som enquanto avançava em direção a eles. Uma névoa vermelha cobriu sua visão. Antes que eles notassem sua presença, ele girou o machado e derrubou dois de seus agressores.

Ao girar para o próximo homem, vislumbrou o rosto pálido e aterrorizado de Regan.

Thorin continuou se movendo, derrubando um agressor após o outro. Ele viu um homem e uma mulher se afastando.

— Não sou paga o suficiente por isso — a mulher murmurou. Eles se viraram e correram.

Mas Thorin pulou para frente e pegou o homem pela camisa. Ele estava com as mãos em Regan, tentando empurrá-la para dentro da gaiola.

Thorin virou o homem e depois o jogou de frente para as engrenagens do elevador. Ele virou a cabeça e viu Kace jogar uma faca. Ela voou pelo ar e atingiu as costas da agressora que escapava. Ela tropeçou para frente, atingindo o chão.

Com precisão metódica alimentada pela parte sombria que ele mantinha escondida, Thorin girou sua presa. Ele percebeu que seus braços estavam cobertos de escamas, mas não se importava. Começou a atingir o homem com socos, que logo cedeu, seus gritos se transformando em gemidos de dor.

— Thorin!

Uma voz irritante que ele ignorou.

— Thorin, chega. — Kace apareceu na sua frente. — A Regan precisa de você.

Isso o fez parar e largar o homem.

— Regan. — Ele se virou e a viu parada ali, tremendo.

Ele abriu os braços, e ela correu para ele, o corpo pequeno batendo contra seu peito.

— Eles iam me levar.

Ele a abraçou, as escamas escuras nos braços parecendo erradas contra a pele clara dela. Mas ela não hesitou em procurá-lo. Ela precisava dele.

— Você está segura.

— Thorin. — Um calafrio a percorreu. — Me afaste da jaula.

Quando ela se enterrou contra seu peito, o calor explodiu dentro dele. Ele a segurou, se afastando do transporte.

— Você está segura agora. Está segura. — Ele podia sentir a vibração frenética da pulsação dela.

— Você veio atrás de mim — ela sussurrou, pressionando a bochecha em seu peito nu.

— Sempre. — Ela estava segura, e Thorin a manteria assim. Ele a abraçou.

— Eles estão fugindo — Kace falou baixinho.

Thorin viu os poucos agressores que ainda podiam arrastar os amigos para o elevador. Ele lutou contra o desejo violento de ir atrás deles e exigir saber quem foi que os contratou e por que queriam Regan.

Mas quando ela se curvou contra seu corpo, ainda tremendo, ele a abraçou. Regan era sua prioridade. O elevador retiniu quando começou a subir.

— Vamos levá-la para casa. — Acenou para Kace para irem embora.

SÓ QUANDO ELES voltaram para a Casa de Galen Regan finalmente respirou fundo e sentiu seus músculos relaxarem. Ela se abraçou a Thorin e ao conforto quente e sólido que ele lhe deu.

Porém, depois que eles entraram as lembranças da noite anterior a atingiram. Outras mulheres estiveram abraçadas contra seu peito a poucas horas. Seu estômago se apertou.

Ela tentou se soltar. Sentiu os braços dele se apertarem por um segundo e a soltou com relutância.

Ela se recusou a olhar para Thorin.

— Obrigada por me resgatar.

— Regan! — Ouviu o som de passos correndo.

Harper correu em sua direção e a abraçou.

— Soubemos o que aconteceu. Você está bem?

Ela abraçou a amiga.

— Sim. O Thorin e o Kace me resgataram. — Regan levantou a cabeça. — Kace? Eles te machucaram. Você está bem?

O gladiador assentiu com o rosto manchado de sangue. Embora parecesse impassível, suas mãos estavam fechadas ao lado do corpo e a raiva irradiava dele.

— Estou bem, Regan. Lamento que tenham te levado.

— Não se desculpe. Você lutou como uma máquina e havia muitos deles.

Ela se virou para Thorin, rígida.

— Mais uma vez, obrigada por vir atrás de mim.

— Eu sempre irei atrás de você.

Certo. A menos que ele estivesse ocupado brincando com mulheres bonitas e sensuais que se jogavam nele. Ela afastou o pensamento desagradável. Tinha que superar esses sentimentos.

— Vamos. — Harper passou o braço ao redor dos ombros de Regan. — Você precisa de uma bebida e descansar.

Regan deixou a amiga assumir o comando e não olhou para Thorin quando saíram. Logo se viu obrigada a se sentar em uma cadeira confortável na sala de estar e um copo de água foi empurrado em sua mão.

Raiden se aproximou e tocou um ponto em seu rosto.

— Você tem um corte. Precisa de um pouco do seu novo gel medicinal.

— O Kace precisa mais do que eu.

— Vou buscar — Harper falou.

Raiden olhou para Regan por um segundo, depois se agachou.

— Ele não dormiu com elas.

— Kace? — Ela franziu a testa, sem muita certeza do que ele estava falando.

— Thorin. Ele mandou as mulheres embora quando você se afastou.

Uma parte de Regan gritou de alegria, mas ela usou seu lado sensato de cientista e afastou o sentimento.

— Não importa. Ele não me quer, Raiden, e eu recebi a mensagem. Em alto e bom som. — Sua voz diminuiu para um sussurro. — Ele deveria ter me dito que não me queria. Estou acostumada com pessoas que não me querem.

Raiden suspirou.

— Ele não acredita que é digno de você. Do amor. De mais. — O gladiador tatuado passou a mão pelos cabelos. — Se você soubesse do passado dele, de como ele chegou aqui...

— O irmão dele o vendeu.

Os olhos de Raiden se arregalaram.

— Ele te contou?

Ela deu um pequeno aceno de cabeça.

— Foi tudo o que ele disse.

— Há mais na história, mas ele nunca contou isso a ninguém além de mim.

O coração de Regan se apertou.

Harper reapareceu.

— Chega. Ela precisa descansar. Vamos te limpar, Regan.

THORIN ENTROU no escritório de Galen.

O imperador arqueou uma sobrancelha e se levantou da cadeira. Colocou uma tela brilhante ao lado de uma pilha de papéis.

— Não, você não está me incomodando. Entre logo.

— Alguém tentou sequestrar a Regan. — A fúria corria pelas veias de Thorin como ácido. — Quero saber quem foi. — Ele queria a cabeça do cretino desprezível debaixo do seu machado.

— Eu sei. Já pedi a Lore e Nero para investigarem.

Thorin bateu com o punho contra a parede.

— Eles derrubaram o Kace, a agarraram, a assustaram. — Se lembrou do jeito que ela se agarrou a ele. — Eles estavam tentando forçá-la a entrar em uma gaiola, G.

Galen contornou a mesa e depois se recostou nela. Seu olhar gelado estava em Thorin.

— Ela está segura. Você a trouxe de volta e ela está ilesa.

— Quem é que teria coragem de tentar levar alguém que tem a proteção da Casa de Galen?

— Vamos descobrir. — As palavras de Galen tinham uma promessa sombria.

Thorin sentiu alguém na porta e viu Kace com uma expressão sombria. Seu rosto ainda estava coberto de sangue.

— Foi minha culpa — ele falou. — Eles nos emboscaram e...

Galen fez um barulho.

— A informação que tive é que você estava em menor número e lutou contra vários agressores. E conseguiu ferir alguns deles. Isso não é culpa sua, Kace.

O gladiador bem apessoado permaneceu imóvel. A expressão dele não mudou.

Galen suspirou.

— Vá até o departamento médico e cure essa ferida.

Kace deu um único aceno de cabeça, depois olhou para Thorin.

— Sinto muito, Thorin. — Ele se virou e saiu.

— E você... — Galen olhou para Thorin — me dê um tempo e descobriremos quem estava por trás disso. Sei que a equipe que atacou Regan era um esquadrão de mercenários contratados. Eles trabalham pelo melhor lance.

— Só podem ser os thraxianos. — Só o pensamento daqueles cretinos colocando as mãos em Regan de novo foi o suficiente para fazer os dedos de Thorin coçarem para agarrar seu machado.

— Ainda não sabemos. Me dê um tempo.

Agora Thorin entendia por que Regan se arriscou deixar a Casa de Galen para seguir os trabalhadores da Casa de Thrax. Esperar por informações era pior do que cair de cara na areia da arena.

Uma batida soou na porta de Galen. Uma das seguranças, vestida de cinza e vermelho, estava parada na porta.

— Sinto muito, Imperador Galen — a mulher falou. — Só precisava informar que a tempestade de areia que estávamos monitorando mudou de rumo e está se encaminhando para Kor Magna.

Galen suspirou.

— Exatamente o que precisávamos. Tudo bem, dê ordens para a equipe instalar as venezianas. Tranque a arena de treinamento e garanta que todos os trabalhadores estejam em casa bem antes da tempestade chegar.

— Sim, Imperador.

Depois que a guarda saiu, Galen se moveu e segurou o braço de Thorin.

— Eu juro que descobriremos quem tentou levá-la.

O imperador nunca mentia para Thorin, e era um homem que sempre cumpria suas promessas.

Thorin assentiu.

— Enquanto isso, não deixe Regan fora de vista. Quero que você a mantenha segura.

Thorin se endireitou. Isso significava ficar perto dela, sem espaço entre eles. Cada minuto de cada dia exposto ao seu doce corpo. Ele soltou um suspiro.

— Isso mesmo — Galen afirmou. — Quaisquer que sejam os demônios com que você esteja lutando em relação a essa mulher, precisa deixá-los de lado. Por ela.

Mas e se o demônio fosse ele mesmo, e a batalha fosse uma que ele não tinha certeza de que poderia vencer?

Isso não importava. O que importava era Regan, e ele faria o que fosse necessário para mantê-la segura.

CAPÍTULO NOVE

Regan rolou na cama, se movendo para tentar desembolar os lençóis das pernas.

Ela suspirou e se jogou contra os travesseiros. Seus pesadelos não a estavam deixando dormir. O rugido do vento lá fora não estava ajudando.

Um relâmpago cintilou através das persianas e então um trovão ensurdecedor ecoou por todo o complexo.

Envolvendo os braços ao redor de si mesma, ela se levantou da cama. Há algumas horas, uma sirene tocou na cidade, avisando aos cidadãos que uma tempestade de poeira estava chegando. Os trabalhadores da Casa de Galen entraram em ação, instalando grandes persianas de madeira sobre todas as janelas. Espiou pela pequena fenda nas ripas. A areia girava do lado de fora.

Aparentemente, tempestades de areia elétricas mortais eram comuns aqui em Carthago. Ela observou quando um relâmpago gigante se ramificou no céu. Os pelos em seus braços se arrepiaram e a energia do ar percorreu sua pele.

Ela sempre amou tempestades na Terra. Queria correr pela chuva e observar os raios enquanto seus pais a olhavam como se estivessem se perguntando de onde ela tinha vindo.

Mas não estava mais na Terra. Não conseguia ter uma boa visão da tempestade daqui e decidiu que ia encontrar um ponto de observação melhor. Saiu em silêncio do quarto e caminhou pela sala de estar. Seguiu pelo corredor com os pés descalços e foi até a pequena varanda que reivindicou como sua. As persianas tinham sido instaladas ali também, mas as lacunas entre as ripas eram maiores e quando ela passou pela porta, o vento soprou sua camisola branca, fazendo-a ondular. Seu cabelo balançou ao redor dos ombros.

Tocou as persianas, abrindo uma um pouco mais. Observou a violenta tempestade de areia e os raios faiscando através dela. Se sentiu viva, elétrica.

E hoje à noite, estava agradecida por não estar de volta a uma jaula. Ela se abraçou e estremeceu.

— Você não deveria estar aqui.

A voz profunda de Thorin a fez se virar. Ele ficou lá, emoldurado pela porta, com os braços cruzados sobre o peito muito largo e muito nu.

Ela sentiu como se um raio a atravessasse. Seu peito estava quase sempre nu, mas toda vez que ela o via, ainda a deixava sem fôlego.

Outro trovão ecoou. Regan sentiu como se os dois estivessem em seu próprio casulo, cercados pela tempestade. Ele ficou lá, tão grande, tão alfa e tão forte. Ela deixou seu olhar percorrer os braços enormes, a mandíbula forte e o peito nu. Ele estava usando apenas uma calça cinza folgada que pendia sobre as pernas fortes e a grande protuberância de seu pênis.

Regan soltou um suspiro trêmulo. Queria tanto esse homem, mesmo que ele a confundisse. Ele a afastava com uma mão e a abraçava com a outra. Queria tocá-lo, pressionar as mãos sobre todos os músculos e envolver aquele pau enorme.

O calor atingiu sua pele, corando suas bochechas. Estava tão excitada que doía. Outro estrondo de trovão retumbou.

A respiração ofegante estava fazendo o peito dele arfar. As mãos estavam fechadas ao lado do corpo e ela podia ver claramente os músculos tensos do pescoço dele.

Queria desesperadamente tocá-lo.

— Volte para a cama, Regan. — Ele se virou e se afastou.

Ela fechou os olhos. O vento soprava através das persianas, e agora ela se sentia nervosa quando o vento a atingiu. O desejo de ir atrás dele era muito forte, combinado com o pulsar entre suas penas e a necessidade que sentia.

Mas não iria. Dessa vez, ele teria que procurá-la.

Rapidamente, Regan trancou as persianas e seguiu de volta para o quarto. Quando um raio atingiu novamente, entrou depressa, fechando a porta atrás de si.

Sentia a pele muito sensível, os seios inchados, os sentidos elevados a níveis quase intoleráveis. Se sentou na cama, puxando a camisola. Nunca se considerou uma criatura sexual. O sexo podia ser legal e divertido, mas nunca se sentiu assim antes. Como se estivesse queimando. Queria culpar a tempestade, mas sabia que havia apenas um homem para culpar. Um homem que a fez se sentir em chamas.

Ela imaginou o grande corpo de Thorin sobre o seu, as mãos ásperas abrindo suas pernas e a boca sugando seus seios.

Nunca conseguiria dormir. Se deitou e empurrou o tecido da camisola até a cintura. Então deixou a mão deslizar sobre a barriga macia antes de deslizar entre as coxas. Se tocou, engolindo um pequeno gemido. Já estava úmida e imaginou a mão de Thorin nela, a boca e a barba por fazer arranhando suas partes mais sensíveis.

A antecipação a fez tremer. Finalmente, ela tocou o clitóris, soltando um gemido baixinho. Ela se acariciou, movendo as pernas na cama.

Estava vazia. Se inclinou e deslizou o dedo dentro de si mesma, mas não era suficiente. Não era Thorin.

Então ela ouviu um som dolorido. Uma mistura de gemido e um grunhido. Estremeceu, abrindo os olhos.

Thorin estava na porta.

Seu rosto estava contorcido, a cor aparecendo nas bochechas. Aquelas escamas escuras indescritíveis eram visíveis em seus braços e peito.

Seus olhares estavam fixos um no outro, os dois respirando rápido. Além do trovão e do uivo do vento, apenas a respiração ofegante de Thorin preencheu o espaço.

A barriga de Regan se contraiu. Ela continuou se tocando e viu o olhar dele ir para lá. Com ele observando-a, ela se sentiu obscena e sensual.

— Não pare. — Sua voz era um grunhido profundo. — Continue se tocando.

Ela umedeceu os lábios. Essa não podia ser ela. Era

uma cientista sensata. A dra. Regan Forrest não se deitava na cama e se tocava na frente de um homem.

Não, apenas um homem. Um grande e sexy gladiador alienígena.

Mas ela abriu mais as pernas, o polegar circulando o clitóris. Seu olhar não se desviou dele.

Outro relâmpago cortou o céu, iluminando a grande forma em uma luz branca forte. Ele deveria ser assustador, mas olhar para ele apenas aumentou seu desejo.

Ela moveu os dedos mais rápido e enquanto o observava, viu uma de suas grandes mãos deslizar pelo abdômen. Ele segurou a protuberância enorme na calça e seus olhos se arregalaram. Agora estava gigante, forçando o tecido.

— Não pare. — Sua voz estava torturada.

Seu desejo estava se fundindo dentro dela, uma bola quente e dura de necessidade. Regan continuou acariciando o clitóris escorregadio. A pressão e o brilho dos olhos dele eram demais. Arqueou as costas, sentindo a eletricidade deslizar por sua coluna.

Regan gritou o nome de Thorin quando gozou. Seu orgasmo foi mais intenso que nunca.

Um som quase animalesco encheu o quarto. Através da neblina de prazer, ela viu Thorin a observando. Ele parecia estar em agonia – havia tormento em seus olhos e gravado em seu rosto.

Então ele se virou e saiu cambaleando. Regan estremeceu. Deveria ir atrás do homem teimoso ou não?

THORIN NÃO CONSEGUIA PENSAR. Ele entrou em seu quarto. A necessidade pulsava urgente por todo seu corpo. Seu pênis estava mais duro e mais dolorido que nunca.

Atravessou o quarto, sentindo como se estivesse saindo de sua pele. Viu que as escamas estavam aparecendo em seus braços, sua natureza animal próxima à superfície.

Empurrou a calça para baixo e pegou seu pênis. Quando começou a se acariciar, um gemido rasgou sua garganta.

Viu Regan aberta diante de si, se tocando com os dedos finos. Tudo estava centralizado naquele pequeno pedaço fascinante que parecia ser o coração de seu prazer. Ele acariciou o pau com mais força e desejou que fossem as mãos e boca de Regan nele...

Drak. Apoiou a mão na parede para ficar de pé. Continuou se masturbando, precisando de alívio, de algum tipo de sanidade nessa loucura.

De repente, ele a sentiu. Sentiu o doce aroma da sua excitação.

Sentiu uma pequena mão tocar em suas costas e ficou rígido. Ela foi para sua frente com a camisola branca brilhando na escuridão. Ele sabia que ela não deveria estar aqui. Sabia que deveria mandá-la embora.

As mãos dela envolveram seu pau.

— Regan... — Soltou um gemido torturado.

— Me deixe — Ela o tocou, seu olhar estava preso ao pênis dele. — Você é tão grande, Thorin.

Ele ouviu a emoção na voz dela e se sentiu perdido.

Enquanto ela o acariciava, ele moveu os quadris para frente.

— *Drak*, isso... é tão bom. — Ele sentiu o pau pulsar nas mãos dela.

Ela deslizou uma das mãos para baixo, traçando uma veia grossa ao longo do pau, depois recuou, espalhando o fluido que vazava da ponta por todo o comprimento.

Em seguida, afastou as mãos. Olhou para baixo e viu que ela estava segurando os seios fartos através da camisola. Podia ver a sombra escura de seus mamilos pelo tecido fino.

Ela sorriu. Como ela podia parecer doce e sexy ao mesmo tempo? Inocente e sedutora de uma só vez.

Então ela o empurrou em direção a cama. Incapaz de formar palavras, ele apoiou um joelho nas cobertas.

Ela passou por ele, se acomodando na beira da cama. Estava começando a tirar camisola, mas ele se inclinou, agarrou o decote e a rasgou.

Ela ofegou, afundando os dentes no lábio inferior.

— Não posso transar com você, Regan.

Ele a viu recuar e se xingou por ser tão idiota.

— Eu quero, mas não tenho controle. Estou no limite. Você é muito pequena e eu sou muito grande. Eu te machucaria e não vou fazer isso. Eu cortaria meu próprio braço com meu machado antes de te machucar.

Finalmente, ela assentiu e depois se moveu, as mãos indo para os seios novamente, unindo-os.

— Me deixe te dar prazer. Me deixe te provar.

Tudo o que Thorin podia ouvir era a respiração ofegante. Ele não conseguia se mexer, não sabia dizer nada.

Ela estendeu a mão, guiando-o em sua direção até que seu pau deslizou entre os seios macios.

Doce mãe das estrelas. Ele engoliu em seco.

Ela juntou os seios até que estivessem ao seu redor. Ele se moveu até estar montando nela, com as coxas em ambos os lados do corpo delicioso. O desejo nos olhos de Regan era quase o suficiente para que ele gozasse sobre ela.

— Se mova, Thorin — ela insistiu.

Incapaz de se conter, ele estocou contra ela, deslizando o pau em sua pele macia. Ele se moveu algumas vezes e a cabeça inchada tocou seus lábios. Ela o lambeu e o pau pareceu enorme contra os lábios pequenos.

Drak. Perdido. Ele estava perdido no desejo e nas outras emoções que se misturavam dentro dele.

Continuou estocando e começou a perder o ritmo. Ele se abaixou, com uma mão pressionada contra a cama e a outra emaranhada em seus cabelos.

— Regan. — O nome dela pareceu ter sido arrancado dele.

A língua dela lambeu a cabeça de seu pênis novamente e um segundo depois, sua libertação o atingiu com a força de dez gladiadores.

O sêmen dele se derramou sobre seus seios e pescoço. Ele gemeu, a sensação queimando sua coluna, e continuou gozando até que não havia mais nada dentro dele.

Quando finalmente pôde pensar novamente, puxou o ar para os pulmões em chamas. Caiu ao lado dela na cama, incapaz de desviar o olhar.

Pelos Criadores, ela era tão linda. Ele estendeu a mão e tocou seus lábios carnudos, depois arrastou a mão para onde seu sêmen a marcava. Passou os dedos por ela, esfregando-o sobre a pele pálida.

Ele viu algo cintilar nos olhos dela. Ela havia gostado.

Thorin sentiu uma necessidade desesperada de cuidar dela. Se levantou da cama, foi ao banheiro e pegou um pano quente. Quando voltou, ela ficou quieta, observando-o limpá-la.

— Eu não sou doce e inocente.

Ele sorriu para ela.

— Sim, você é. Mas não o tempo todo.

Ela se moveu, ficando de joelhos. A camisola rasgada tremulava ao redor do corpo.

— Sou uma mulher que sabe o que quer.

Ele ficou quieto.

Ela levantou o queixo.

— Uma mulher que quer você.

Deuses ajudassem os dois. Ele a alcançou, roçando os dedos em sua pele quando uma batida trovejou na porta, sacudindo-a nas dobradiças.

— Thorin, saia da cama. Você e seu machado são necessários. — Era a voz profunda de Raiden. — Uns idiotas decidiram usar a tempestade como desculpa para causar tumultos e saques na área onde os trabalhadores moram. Alguns dos nossos moram lá e o Galen quer que a gente verifique.

Foi uma maneira educada de dizer que Galen queria que eles colocassem ordem no lugar e garantissem que ninguém da equipe estivesse machucada.

As mãos de Thorin apertaram Regan.

— Eu tenho que...

— Vá. — Ela puxou a camisola esfarrapada ao seu redor. — Eu entendo.

Ela era tão linda. Ele segurou sua mandíbula, satisfeito quando ela se aconchegou à palma da mão dele.

— Te vejo mais tarde.

— Promete?

— Prometo.

CAPÍTULO DEZ

Regan saiu do chuveiro e se envolveu em uma das toalhas.

Depois que Thorin e os outros saíram para acabar com o tumulto, ela voltou para o seu quarto. Ficou surpresa ao descobrir que estava cansada e caiu em um sono profundo e sem sonhos.

Thorin e os outros ficaram fora o resto da noite. Ela os ouviu voltar há cerca de uma hora.

Mal podia esperar para vê-lo. O que fizeram no quarto dele... caramba, o que eles fizeram.

Ela afastou os cabelos úmidos e se olhou no espelho redondo acima da pia do banheiro. Em seus seios, sua pele estava impecável agora, mas ela a tocou. Lembrando a maneira como ele a marcou. Ela sorriu. Se sentia... feliz. Colocou o cabelo para trás das orelhas. Estava completamente louca pelo homem.

Animada por vê-lo, terminou de se vestir, colocando uma calça simples e uma camisa da pilha de roupas que

Harper lhe deu. Agora que tinha dinheiro, poderia fazer algumas compras no mercado para ter coisas suas.

Foi para a sala de estar. Harper e alguns dos funcionários da casa estavam ocupados arrumando comida em alguns pratos.

A amiga olhou para cima e sorriu. Ela levantou um prato.

— Café da manhã?

Regan assentiu e sentou-se à mesa.

— Onde está todo mundo?

— Eles voltaram tarde. Estão todos dormindo. — Harper se sentou ao lado de Regan e começou a comer. — Mas assim que sentirem o cheiro da comida, eles aparecem. A maioria parece precisar de muito menos sono que nós.

— Eles estão bem? — *Thorin estava bem?*

— Sim. Eles acabaram com o tumulto e a tempestade se dissipou.

Harper olhou para ela, e Regan tentou não se mexer.

— Você parece diferente — a amiga disse.

— Eu dormi bem. — Regan lutou para não corar.

— Achei que com a tempestade e o que aconteceu ontem, você podia ter tido dificuldade.

Regan remexeu o que parecia ovos e pão recém assado.

— Acho que eu estava cansada. — Ela parou um segundo para se perguntar de que criatura alienígena os ovos vieram, mas eram deliciosos, então continuou comendo.

Alguns minutos depois, Raiden apareceu. O grande

gladiador usava calça preta justa e uma camisa branca folgada.

Ele foi direto para Harper, se inclinou e deu um beijo profundo nos lábios dela.

Regan soltou um pequeno suspiro. Queria isso. Mais do que tudo. O jeito que Raiden emoldurou a bochecha de Harper. A maneira como sua amiga durona se inclinou para o homem como se soubesse que pertencia a ele.

Uma porta se abriu e Kace entrou. Ele parecia bem e, se estava cansado, não demonstrou.

Então Thorin entrou e seu coração se apertou. Parecia cansado. Ele murmurou alguma coisa e foi pegar uma bebida na cozinha.

Ela o observou, olhando para o modo como a calça abraçava a bunda firme. Não podia acreditar que ele estava de pé em cima dela, nu, há apenas algumas horas.

— Na próxima vez que alguns idiotas tiverem a ideia de se revoltar, sugiro que os deixemos ir adiante. — Saff entrou. Ela estava com olheiras. — Preciso de uma xícara quente de *rica* com uma dose de estimulante.

Thorin se aproximou e se sentou ao lado de Regan. Ela estava incrivelmente consciente de sua presença. Ela queria dizer alguma coisa ou tocá-lo.

— Dormiu bem?

— Dormi.

Ele parecia focado em tomar a bebida parecida com café que os outros chamavam de *rica*. Mas então ela sentiu um toque em seu cabelo e percebeu que ele estava acariciando sua nuca. Algo em seu peito floresceu.

Todos se sentaram, conversando e comendo. Regan estava lá, cercada por todos esses músculos e força, e pela primeira vez em sua vida sentiu como se pertencesse a aquele lugar.

A porta se abriu e Galen entrou. Ela notou todos pararem e olharem para cima.

Galen se sentou em uma cadeira na cabeceira da mesa. Lore veio da área da cozinha e colocou uma caneca de *rica* na frente do imperador.

— Acho que essa não é apenas uma visita matinal amigável — Raiden comentou.

Galen balançou a cabeça.

— Meu informante me retornou com a lista de pessoas que participaram da venda particular dos thraxianos. Essa informação, combinada com a tentativa de sequestro da Regan ontem, nos deu o suficiente para identificar onde a Rory está.

Regan apertou as mãos, se lembrando daqueles momentos terríveis em que Kace se machucou e ela foi levada. A mão grande de Thorin se fechou sobre a dela.

— São os Vorn — Galen declarou.

— Droga — Thorin disse. Houve resmungos do resto dos gladiadores.

A pele de Regan ficou gelada de pavor.

— Quem são eles?

— São selvagens e... loucos. Na arena, é difícil prever as técnicas de luta de um Vorn. E o imperador deles...

Ela segurou o braço dele.

— O quê?

— Os Vorn gostam de colecionar coisas raras — Thorin falou.

Galen assentiu.

— Seu imperador é conhecido em toda parte por coletar espécimes únicos de plantas, animais e pessoas.

— Por que ele tentaria me levar?

— Suspeito que ele quer um conjunto — Galen falou de forma sombria. — Me encontrei com ele esta manhã.

Já? Regan se endireitou.

— Eles vão trocá-la ou deixar vocês lutarem por ela?

Um músculo na mandíbula de Galen se contraiu.

— Eles nem admitem que a têm.

Os ombros de Regan caíram.

— Eu tinha que ter certeza de que eles soubessem que isso não me incomodava. — O olho azul gelo de Galen se voltou para Regan. — Se eles soubessem...

Ela assentiu.

— Eu sei. Tornariam as coisas mais difíceis.

— Os Vorn a colocaram em sua sala de coleções. — Raiden apoiou os cotovelos na mesa. — Eu nunca vi, mas ouvi boatos sobre o lugar. Dizem que é surpreendente, com plantas e animais incríveis.

— É só mais uma prisão — Regan sussurrou.

Debaixo da mesa, Thorin agarrou sua coxa. Aquele toque forte foi o suficiente para firmá-la.

— Podemos invadir? — Harper perguntou.

Regan suspeitava que, devido a suas missões secretas de resgate, todos eles conheciam os pontos fortes e fracos de todas as Casas da arena.

Galen balançou a cabeça.

— A segurança da Casa de Vorn é de primeira linha. Eles gostam de proteger sua coleção. Têm sensores, sistemas a laser, alarmes. E essas são as coisas que eu sei.

Lore deu um aceno pensativo.

— Ouvi dizer que só pode ser desligado por dentro.

Regan se recostou na cadeira. Como é que eles tirariam Rory de lá?

Ao seu redor, os gladiadores entraram em discussão, fazendo sugestões e descartando ideias. Regan repassou o dilema em sua cabeça, analisando-o como um problema científico.

— O que precisamos é atraí-los — Regan falou.

A mesa ficou em silêncio. Todos os olhares se voltaram para ela.

Ela tentou não se mexer.

— Precisamos atraí-los, oferecendo algo que eles realmente querem. E depois levá-los de volta para casa. Algo que possa desligar a segurança deles por dentro.

— Um cavalo de Tróia — Harper murmurou.

— Um o quê? — Thorin questionou.

Regan engoliu em seco.

— É uma antiga lenda da Terra. Sobre um cavalo cheio de soldados inimigos que foi levado para uma cidade fortificada.

Galen olhou para ela, tamborilando os dedos na mesa.

— Atraí-los com o quê?

Regan teve o cuidado de não olhar para Thorin.

— Algo, ou melhor, alguém que eles não possam resistir.

Os dedos de Thorin apertaram sua coxa.

— Não.

Regan levantou o queixo.

— Atraí-los comigo.

RAIVA. Raiva profunda.

Thorin já havia sentido o calor da fúria antes, mas o que sentia agora era cem vezes mais forte.

Além do cansaço, do desejo mal saciado e da pontada nos nós dos dedos machucados das lutas no tumulto, ele não estava com muita paciência.

Viu seus amigos olhando para ele e balançou a cabeça.

— Não. Não vamos usá-la como isca e deixá-los levá-la.

Ele olhou nos seus lindos olhos, mas em sua cabeça, ele a viu se estender diante dele, com o pênis pressionado em seus lábios. Estava gravado em seu cérebro.

Ele ficou de pé, consciente de que a sala estava silenciosa.

Regan se levantou, esticando os ombros.

— Eu quero a Rory de volta. Eu a quero fora do cativeiro. Este é o único jeito. Eu entro, desativo o sistema de segurança por dentro e vocês vêm nos buscar.

A raiva aumentou, como um animal selvagem. Ela queria entrar em perigo. Ele arrastou o braço sobre a mesa. Pratos e copos caíram no chão de pedra, quebrando em pequenos pedaços. Ele viu Regan estremecer, mas ela se manteve firme.

Thorin ouviu Raiden suspirar.

— Faz um tempo desde que ele perdeu a cabeça a ponto de quebrar pratos — Lore falou devagar.

— Shhh — Saff o repreendeu — ou ele vai quebrar seu nariz.

Thorin os ignorou e se virou para Regan.

— Você não vai se arriscar assim.

— Tenho que fazer isso — ela falou baixinho.

— Você quer que a gente te venda? Quer voltar para a jaula?

Ele a viu estremecer, as sombras aparecendo através de seus olhos, e Thorin se odiou por magoá-la. Ele estendeu a mão e a segurou pelos ombros.

— Eu proíbo.

As sombras sumiram.

— Você proíbe? Tive muitas pessoas na minha vida exigindo que eu faça isso ou aquilo. Coisas que os outros querem, não eu. — Ela cutucou o peito dele. — Não vou deixar você fazer o mesmo.

— Regan...

— Preciso do seu apoio, Thorin. Preciso que você me proteja.

Drak. Ele se virou, colocando as mãos atrás da cabeça. Era contra tudo nele deixá-la se colocar em perigo. Ele sentiu como se a terrível tensão em seu corpo fosse quebrá-lo.

— Nós todos estaremos lá para te proteger, Regan — Harper falou.

— Estaremos todos lá para garantir que ela permaneça segura — Raiden acrescentou.

Thorin olhou para a parede, tentando encontrar outra maneira de fazer isso. Ele queria puxá-la para seus braços, levá-la embora e mantê-la segura. Mas isso condenaria sua prima a um destino terrível e Regan nunca o perdoaria.

— Por favor, Thorin.

Suas palavras calmas o estilhaçaram. Malditas fossem as mulheres da Terra por serem tão corajosas.

Finalmente, ele abaixou os braços e se virou, sentindo sua raiva esfriar.

— Você terá um rastreador implantado. Não vou te perder se algo der errado.

Regan abriu a boca para protestar, mas Galen assentiu.

— Com certeza.

— E depois que eles a comprarem, nós vamos invadir imediatamente. Ela não ficará em uma gaiola por mais de uma hora.

Mais uma vez, Galen assentiu.

Regan foi até Thorin, pressionando os dedos contra o peito dele.

— Obrigada.

Ele estendeu a mão e a puxou contra seu peito. Não conseguiu aproximá-la o suficiente.

— Então, o que acontece depois? — Harper perguntou.

Galen ficou de pé.

— Precisamos organizar uma festa particular para leiloar a Regan. Algo chamativo. — Seu olhar se voltou para dentro. — Acho que vou entrar em contato com Rillian no Dark Nebula Casino.

Thorin sabia que a Dark Nebula era o mais elegante e rico de todos os cassinos de Kor Magna. E seu dono era um homem assustador e muito rico.

— Quem é esse Rillian? — Regan perguntou.

— Um homem poderoso — Galen falou. — Ele apareceu do nada há quinze anos e transformou um pequeno cassino na empresa mais rica do planeta. Ele tem os dedos em muitas coisas e me deve um favor.

— Rillian poderá organizar uma festa que os Vorn não poderão recusar — Raiden falou.

Regan assentiu.

— Certo. Vamos fazer isso.

Galen olhou ao redor da sala.

— Vou dar andamento. Mas, por enquanto, todos vocês têm uma exibição privada contra a Casa de Nalax para se preparar. O filho de um senhor rico das finanças de Maton II faz aniversário.

Os gladiadores gemeram.

O rosto de Galen permaneceu impassível.

— Ele está pagando muito dinheiro para ver vocês vencerem a Casa de Nalax. Não o decepcionem.

Quando Galen saiu, Thorin segurou Regan com força. Tão pequena e delicada – mas ele sabia que a aparência podia enganar muito.

A raiva não desapareceu. Em vez disso, estava apenas esperando sua chance de atacar. E ele ficaria feliz em demonstrar sua frustração com alguns gladiadores na arena.

CAPÍTULO ONZE

Regan viu Thorin dar outro golpe de quebrar os ossos no gladiador com quem estava lutando. Ela estremeceu.

A luta privada estava em pleno andamento.

Naquela noite, Thorin havia deixado seu machado de lado e usava pesados socos ingleses de metal nas mãos. Claramente, ele estava determinado a aliviar sua raiva com a decisão dela.

Ele sofreu outro golpe antes de avançar, derrubando vários gladiadores adversários.

Essa exibição era reduzida e ocorria em uma pequena arena privada. Ela olhou para a caixa do patrocinador que se projetava sobre o chão de areia e observou o homem de boa aparência e sua comitiva, todos vestidos com cores berrantes, bebendo e rindo enquanto a luta acontecia.

A Casa de Nalax tinha uma mistura de gladiadores robustos, mas Regan notou um que parecia ser menor e menos experiente que os outros. Ele se atrapalhou com sua espada várias vezes.

Ela não ficou surpresa ao ver que os gladiadores da Casa de Galen não o envolveram.

Thorin se virou para mais alguns gladiadores, desferindo socos. Então ele se virou para encarar outro gladiador de Nalax, se deparando com o pequeno gladiador se encolhendo diante dele. Thorin o olhou por um segundo antes de empurrar o homem para o lado e ir atrás de outro gladiador.

Ele estava com raiva, mas ainda era um protetor durão. Seu peito estava muito apertado. Ele estava chateado com ela, magoado, e ela era a culpada.

— Então... você e o Thorin resolveram as coisas.

Regan olhou para Harper, que estava sentada ao seu lado, mastigando um *mahiz*.

Regan deu de ombros.

— É complicado.

Harper bufou.

— Sempre é quando os homens estão envolvidos.

Regan lutou contra um sorriso.

— Era de se pensar que o fato de termos sido arrastadas pela metade da galáxia podia ter tornado as coisas um pouco diferentes.

— Certo. Você acha que encontrar um gladiador alienígena, macho alfa, no canto mais distante da galáxia não equivaleria a complicações?

Bem, quando Harper colocava assim...

— É que a vida parece mais simples na arena. Treinar, lutar, vencer. Depois de conseguir sua liberdade, fazer o que quiser.

O olhar de Harper estava na luta.

— Eles são heróis, Regan. Amados pelo público. —

Seu olhar agora se dirigia aos espectadores que gritavam. — Mas a imagem que eles mostram aos fãs, é uma fachada. Eles raramente mostram quem realmente são. Todos eles acabaram aqui por diferentes razões – razões difíceis e sombrias. Eles são lutadores fortes e implacáveis ... mas esse é só um lado deles. E eles só deixam as pessoas com quem se preocupam vê-los de verdade.

Mais uma vez, Regan viu Thorin dando socos fortes no oponente.

— Ele está segurando muita tristeza dentro de si. Muita dor.

Harper apertou o ombro de Regan.

— O Raiden também. Só porque nos apaixonamos não faz esses sentimentos desaparecerem como num passe de mágica. Mas vi isso... a carga dele diminuiu um pouco. — Ela sorriu, encontrando seu homem com o olhar. — Gosto de pensar que fui eu quem fez isso.

A garganta de Regan se apertou.

— Acho que acabei de aumentar a carga do Thorin. — Ela o observou enquanto ele lutava como um homem possuído. — E ele se recusa a me mostrar sua dor. Sinto que ele está escondendo alguma coisa.

— Ele está com medo por você. Eu também.

— Harper, eu...

A amiga assentiu.

— Tem que fazer isso. Eu sei. Compreendo. Também quero a Rory de volta e em segurança. Só queria que você não tivesse que se arriscar para isso.

— Você acha que ela está bem?

— Nunca conheci uma mulher mais dura que a Rory. Aquela mulher não leva desaforo de ninguém pra casa.

Regan assentiu. Ela sempre admirou sua prima confiante, mas sabia o que o cativeiro poderia fazer. Como isso poderia acabar aos poucos com uma pessoa.

— O Galen está fazendo os preparativos para a festa — Harper falou.

Regan respirou fundo.

— Que bom. — Ela não mentiria. Estava apavorada.

— Todos nós iremos te proteger. Incluindo o Thorin, mesmo que ele esteja chateado.

De repente, a multidão ofegou.

Regan se virou e o viu lutar com um gladiador quase tão alto quanto ele. O rival estava segurando facas compridas. Ele golpeou e abriu um corte no peito de Thorin. Um grito ficou preso na garganta de Regan. *Se mova mais rápido, Thorin.* Ela viu o gladiador cortá-lo novamente.

Viu que Thorin estava sorrindo.

Regan ficou de pé, apertando as mãos ao redor da grade.

— Ele está deixando aquele gladiador machucá-lo.

Então Thorin avançou.

Ele atacou o gladiador com força. As facas do outro homem caíram na areia, junto com o respingo de sangue dos golpes cruéis de Thorin. Ela viu que as escamas apareceram em seu peito e nos braços. Regan desviou o olhar, arfando. Isso era culpa sua. Olhou de volta e quando o gladiador caiu na areia, Thorin o seguiu, sem parar seus golpes.

Raiden e Nero o puxaram para longe do homem.

Uma sirene tocou e o locutor encerrou a luta. Por se tratar de uma exibição, não houve vencedor.

Raiden e Nero puxaram um Thorin lutando para fora da arena.

— Eu... tenho que ir — ela falou.

Harper assentiu.

— Cuide dele.

THORIN APRECIAVA a ardência dos cortes no peito. Estava coberto de suor e sangue.

— O que, em nome de *drak,* você estava pensando? — Raiden grunhiu.

Thorin ficou calado.

Raiden xingou.

— Sei que você está chateado com o plano, mas isso não significa que você pode atacar um pobre diabo até a morte em uma luta de exibição.

— E se fosse a Harper? — As palavras de Thorin saíram como projéteis. — E se ela fosse vendida para os Vorn?

Ele viu o rosto de Raiden tensionar.

Thorin balançou a cabeça.

— Caramba, nem é a mesma coisa. A Harper pode se proteger, a Regan, não.

Raiden cruzou os braços.

— Ela é esperta e inteligente. Você precisa confiar nela.

As emoções que se contorciam em seu peito eram demais.

— Isso... está acabando comigo. Não consigo ter qualquer controle.

O rosto do outro homem ficou sério.

— Sua... herança está surgindo.

— Sim. — Thorin olhou para as escamas em seus braços. Elas eram apenas um aviso. Ele desviou o olhar. A raiva e o medo estavam se contorcendo dentro dele. Caramba, medo. Quando foi a última vez que sentiu medo?

Ele pensou e se lembrou daqueles momentos na nave do irmão, chegando em Kor Magna. Seu irmão não disse uma palavra, mas Thorin sabia o que ia acontecer. Ele era um guerreiro endurecido pela batalha e ainda estava aterrorizado.

Mas a primeira vez que foi forçado a entrar na arena, prometeu nunca mais ter medo.

No começo, ele abraçou e soltou o lado animal que vivia dentro de si. Então, com a ajuda de Raiden, ele aprendeu a controlá-lo.

Agora, estava perdendo o controle e não tinha ideia do que fazer. Thorin entrou na Casa de Galen, observando os trabalhadores se dispersarem do seu caminho. Passou pela sala e entrou em seu quarto.

Então ele parou e observou.

Havia pequenas velas por toda parte. Regan estava parada ao lado da sua cama usando um vestido azul simples. A roupa abraçava todas as suas curvas e o decote era baixo o suficiente para mostrar um pedaço do vão entre os seios.

Eles se encararam. Ao lado dela, havia uma cadeira de madeira lisa e, em um pequeno suporte, uma tigela de água quente e vaporosa.

— Sente-se — ela falou baixinho.

Ele não se mexeu.

Os olhos dela brilharam.

— Sente-se.

Ele se sentou na cadeira. Ela estendeu a mão, passando os dedos sobre as presilhas das tiras de couro. Demorou um pouco para soltá-las e tirá-las do peito. Em seguida, ela segurou a sua mão esquerda, movendo os dedos sobre os nós manchados de sangue. Ele quase arrancou a mão, mas sentindo sua intenção, o aperto dela aumentou. Ele observou quando ela os soltou, depois levantou a mão direita e fez o mesmo. Parecia errado ver o sangue manchando seus dedos.

Então, ele a sentiu tocar de leve as juntas rasgadas.

Ela soltou sua mão, estendeu a dela para a tigela e torceu um pano. Começou a limpar suas feridas. Ele observou a luz das velas iluminarem sua pele, tornando-a dourada. Em silêncio, ela limpou a mão direita e depois a esquerda.

Depois de enxaguar o pano novamente, ela começou a esfregar os cortes em seu peito. Ela fez um som de desgosto.

— Você não deveria ter deixado que te machucassem.

O toque dela estava deixando Thorin louco. O cheiro dela estava penetrando em seus sentidos, tão profundamente que ele sabia que nunca mais iria sair. Ele sentiu suas escamas tremularem ao longo dos braços. Se sentia como um animal no cio. Queria arrancar as roupas dela, empurrá-la para o chão.

Com muita facilidade, ele podia ver os dois emaranhados na cama enquanto a penetrava. Ele endureceu. Ela merecia mais que um animal.

Regan tocou em um corte profundo em seu ombro, e ele gemeu. Ela foi devagar, tomando cuidado ao limpá-lo. Em seguida se inclinou e pressionou os lábios nele. Tão rápido e leve que ele mal registrou o toque antes que ela estivesse de pé novamente.

— Vá tomar um banho. Depois, vou aplicar um pouco do gel em você.

Thorin não protestou. Não podia negar que essa mulher tinha algum tipo de poder sobre ele. Entrou no banheiro, tirou o resto da roupa e entrou debaixo do chuveiro. Não se demorou no banho e manteve a água fria. Cerrou os punhos e apoiou-os contra os ladrilhos de pedra. Precisava retomar o controle. Precisava mandá-la embora.

Se secou com movimentos descuidados. Enrolou a toalha úmida ao redor da cintura e voltou para o quarto.

Ela acenou de volta para a cadeira, e ele se sentou novamente. Então, suas mãos pequenas começaram a aplicar o gel nos cortes em seu peito.

— Eu não mereço isso — ele resmungou.

Regan olhou para ele.

— Todo mundo merece ser cuidado de vez em quando. Até grandes gladiadores sombrios.

Ela voltou à sua tarefa. Continuou passando o gel em sua pele e seu pênis inchou. Ela o apertou enquanto alcançava os cortes em seus ombros e os seios fartos pressionavam contra ele.

Ele segurou os quadris dela.

— Regan.

Ela deve ter ouvido a tensão na sua voz. Jogou o gel medicinal de lado, apoiando as mãos nos seus ombros.

— Pegue o que você precisa, Thorin.

— O quê? — Ele franziu o cenho para ela.

— Você ainda não percebeu que eu sou sua?

Sua? Nenhuma mulher nunca foi sua. As pessoas que ele pensava amar o jogaram fora.

— Não vou a lugar nenhum — ela sussurrou.

Com um gemido, ele a puxou para frente. Ela caiu em seu colo, montando nele. Ele gostou do suspiro baixinho que ela soltou.

Thorin estendeu a mão, segurou a parte superior do vestido e o rasgou. Os seios dela ficaram expostos.

— Thorin! Você tem que parar de rasgar minhas roupas.

Ele paralisou.

— Você não gosta?

A boca de Regan se abriu e depois fechou.

— Bem...

Ele sorriu. Ela gostava. Puxou-a para frente, sugando um mamilo rosado. Regan levantou as mãos, segurando sua cabeça. Ela gemeu.

Continuou chupando e lambendo. Depois mudou para o outro seio, mordiscando aquele mamilo bonito.

Segurando-a assim, tocando-a, provando-a, ela parecia como sua redenção. Esta mulher exuberante que o olhava como se ele fosse bom e gentil. Ela estava se movendo contra ele agora, emitindo sons baixos e urgentes.

Ele levantou a cabeça e tocou a sua boca.

Thorin nunca foi muito de beijar – sempre achou isso íntimo demais, lento demais. Mas ele adorava o gosto de

Regan. Enfiou a língua na sua boca, querendo explorar e provar cada parte dela.

— Estou ardendo. — As palavras dela eram um sussurro rouco.

Ele se abaixou e deslizou uma mão sob o vestido. Moveu a mão ao longo da coxa, até encontrar seu calor úmido. Regan não estava usando calcinha. Ele passou os dedos pela sua intimidade.

— Você está encharcada.

Ela corou.

— Por você.

Queria ouvi-la gozar. Ele a viu se divertir naquela manhã, mas não teve a chance de tocá-la, de fazê-la gozar. Entreabriu sua boceta e deslizou um dedo grosso dentro dela.

O gemido de Regan foi longo e alto. *Drak*, ela era apertada. Por um momento, ele se perguntou se caberia ali dentro. Ele se moveu, descobrindo aquela partezinha intrigante com a qual ele a viu se dar prazer.

— Ah. — Ela estremeceu. — Sim.

— Como isso se chama? — Ele circulou a pele sensível.

— Clitóris. — A voz dela estava ofegante. — Meu clitóris. — Ela franziu a testa, a curiosidade brilhando nos olhos da sua pequena cientista. — Você não... hum... viu...

— Geralmente, os lugares sensíveis ficam dentro das fêmeas.

Ele colocou o dedo dentro dela novamente. Precisava ter certeza de que ela estava pronta para ele.

A boca dela se abriu, apertando os ombros dele.

— Sempre achei que deveria ser por dentro. Isso tornaria a vida muito mais fácil.

— Eu gosto de você como você é, Regan. — O jeito que ela estava se movendo, se esfregando contra a sua mão, demonstrava que ela gostava do seu toque. Com cuidado, inseriu um segundo dedo dentro dela.

— Sim, Thorin. Me faça gozar.

Ele adorava ouvi-la falar assim. Palavras obscenas ditas em um tom tão apropriado. Moveu o polegar até encontrar seu clitóris novamente. Ele a observou se mover, gemendo, e desejou desesperadamente saber como era sentir o clitóris em sua língua. *Mais tarde*. Fez a promessa para si mesmo. Por enquanto, a pressionava em círculos lentos.

— Sim. — Ela estava se esfregando contra sua mão, tentando alcançar o orgasmo. Até que ela ofegou e arqueou as costas. Quando ela gritou, ele percebeu que nunca havia visto nada mais bonito.

Regan apoiou a cabeça em seu ombro e a respiração rápida ecoou em seu ouvido.

— Preciso de você dentro de mim, Thorin. Por favor, não me faça esperar mais.

Ele não conseguiu. Disse a si mesmo mil vezes para ficar longe dela, mas não conseguiu parar a necessidade e não encontrou forças para afastá-la.

Tirou a toalha que estava ao redor dos quadris, libertando o pênis ereto. Estava mais duro que nunca, apontando para cima. Em seguida, arrancou os restos do vestido dela dos quadris.

— Você está no comando. — Sua voz soou tão rouca

que era difícil entender suas palavras. Queria empurrá-la de volta na cama grande e cobri-la com seu corpo.

Mas não arriscaria machucá-la na primeira vez. Tinha que cuidar dela.

Envolveu os quadris dela com as mãos e a levantou. Ela tocou seu rosto e seus lábios. Regan o estava memorizando? Ninguém jamais encarou seu rosto rústico com tanta admiração. Ele não era bonito como Kace ou robusto como Raiden. Ela se inclinou para frente e novamente eles se beijaram — intensa e profundamente, mordiscando os lábios dele. Thorin segurou o traseiro dela, apertando o bumbum.

— Meu bumbum é grande — ela falou baixinho.

Ele acariciou seu corpo.

— Você é perfeita. — Ele gemeu.

Ela estava se movendo contra ele agora, cada movimento esfregava seu pau contra a umidade entre as coxas dela.

Então ela se abaixou e segurou seu pau. Empurrou um pouco, pressionando a outra mão contra o ombro dele. Se moveu até que a cabeça grossa estava encaixada na entrada lisa. Os olhos de Regan encontraram os seus. Ela se abaixou.

Drak. Ela estava quente, molhada e muito apertada.

A cabeça grande e inchada deslizou dentro dela, e Thorin a viu morder o lábio.

— Você é tão grande — ela gemeu.

Não pare.

— Não tenha pressa. — As palavras lhe custaram. Queria penetrar nela, jogá-la na cama e tomá-la.

Ela continuou se abaixando, e ele a sentiu se esticar ao seu redor.

— Tão cheia. — Sua boca se transformou em um O perfeito.

Thorin rangeu os dentes. *Controle.* Ele precisava de controle.

— Estou te machucando.

— Não. Isso é bom. — Ela tocou sua mandíbula, erguendo a sua cabeça. — Me tome.

Incapaz de se conter, ele moveu os quadris, introduzindo seu pênis profundamente.

Ela arranhou seus ombros e gritou.

Ele paralisou.

— Você está muito apertada.

— Não. — Ela moveu os quadris, encontrando algum ritmo secreto. — Gosto do jeito que você me preenche.

Ela começou a se mover com força. Ele flexionou as mãos em seu traseiro e grunhiu no momento em que o seu último pensamento consciente desapareceu.

Minha. Minha para sempre. Um eco animalesco e ganancioso soou profundamente dentro dele.

Quando seu controle se foi, ele estocou, determinado a fazer esta mulher *sua* em todos os sentidos.

CAPÍTULO DOZE

Os dois estavam molhados de suor, se esfregando um contra o outro. Regan estava ofegante, à beira de outro orgasmo. Ela estava muito perto, mas não conseguia chegar lá.

Estava muito cheia e esticada. Thorin continuou se movendo, fazendo seu pau enorme entrar e sair e ela estava muito trêmula.

— Thorin. — Não tinha certeza do que estava pedindo, mas ele parecia saber.

— Precisa da minha ajuda, doçura? — Uma mão áspera deslizou entre seus corpos. — Vou te ajudar.

Ele encontrou seu clitóris, e ela gemeu. Quando ele a acariciou, a eletricidade a atingiu com tanta força que ela sentiu uma pontada de medo.

— Goze no meu pau, Regan. Me deixe sentir você me apertar.

Ouvir aquela voz rouca dizendo seu nome a levou ao limite. Ela gritou, as ondas de prazer a atingindo por inteiro.

Thorin ficou de pé, segurando-a com força, mantendo-se dentro dela. Deu alguns passos para a cama. Ela ainda estava no meio do orgasmo quando ele a deitou, o peso dele caindo sobre seu.

Ele entrou mais fundo. Ela gritou novamente e desta vez ele assumiu o controle completo. Estocava várias vezes, até que um grunhido animalesco foi arrancado de sua garganta.

— Esse sou eu dentro de você, Regan. Você é minha.

— Sim!

Ele se afastou, ficando com apenas a cabeça do pênis alojada dentro dela.

— Você é minha, Regan? — Ele entrou nela. — Isso é tudo meu?

Ele estava tenso sobre ela, os músculos retesados e o rosto franzido.

— Sua — ela murmurou. Ela nunca se sentiu tão segura, tão consumida, tão certa como se sentia com esse homem.

Ele estocou fundo, se mantendo lá enquanto entrava nela.

Quando ele caiu, ela o sentiu se preparar para se mover. Regan apertou os braços e pernas ao redor dele.

— Não vá.

— Sou muito pesado. — Ele mudou para o lado e a puxou para perto, com o pau ainda dentro dela. — Não vou a lugar nenhum.

Regan suspirou. De forma preguiçosa, se inclinou para a frente para dar um beijo em seu peito liso.

— Nunca transei assim.

Uma mão áspera acariciou sua coluna antes de se apoiar em seu bumbum.

— Não acho que alguém já tenha transado assim.

Ela sorriu contra a pele dele. Ele era tão grande, duro e resistente, mas ainda podia ser doce. Thorin a olhou com o rosto relaxado, mas de alguma forma feroz. Ela se perguntou se seu gladiador estaria realmente em paz.

— Odiei te ver se machucar — ela disse.

Os braços dele a apertaram.

— Fui estúpido por levar as emoções para a arena. Raiden está sempre nos lembrando de manter a cabeça fria.

— Você deixou aquele gladiador te machucar.

Thorin respirou fundo.

— Quando cheguei aqui, estava com muita raiva. Do meu irmão, da minha família, da situação. Dediquei minha vida a ser um guerreiro para o meu povo, e eles jogaram isso contra mim. Descobri que a luta me ajudava a encontrar o controle. E quando me machucava, a dor também me ajudava.

Ela fez um som baixinho.

— Você precisa da dor?

— Não mais. Isso não me estimula, nem nada. Sei que tem alguns gladiadores que se excitam com isso. Eu era jovem e estava fora de controle.

— Você era jovem, foi abandonado e estava machucado.

— Gladiadores durões não gostam de admitir essas coisas. — Ele respirou fundo. — Foi mais do que isso.

Ela sentiu a seriedade em seu tom.

— Me conte, Thorin. — Ela passou a mão pelo braço dele. — Tem a ver com suas escamas.

Ele xingou baixinho. Quando ele tentou se afastar, ela segurou firme.

— Me conte.

— Minha espécie é a Sirrush. Somos grandes, fortes e temos sentidos aprimorados. Éramos guerreiros.

Isso descrevia perfeitamente o seu gladiador.

— Certo.

— Mas há alguns séculos, o nosso planeta foi invadido por outra espécie alienígena. — A mandíbula dele tensionou. — Era uma raça selvagem e brutal. Com escamas, selvagem e cruel.

Regan lutou para manter suas emoções escondidas.

— Eles estupraram e saquearam até finalmente serem derrotados. Mas de vez em quando, uma criança Sirrush nascia com as características desses invasores. Uma fera vivia dentro delas. — O olhar dele era intenso. — Eu sou um monstro.

Regan traçou círculos lentos em seu peito, sobre os músculos duros.

— Eu amo suas escamas, Thorin. Não vejo um monstro.

— Às vezes, eu perco o controle...

— Muitas pessoas o perdem. Isso não faz de você um animal.

— Você não entende. Quando cheguei aqui... eu era um animal. Minha família me usou como um guerreiro, uma arma e depois quando...

Quando ele ficou muito perigoso, eles o abandonaram. Ela continuou a tocá-lo. Algo a alertou de que

Thorin precisava que ela lhe mostrasse que o aceitava exatamente como ele era. Palavras não seriam suficientes.

— É difícil ficar sozinho. Sem ter ninguém para se apoiar. — Ela se lembrou de quando estava na cela, completamente sozinha.

— Não pense nos thraxianos. — As mãos dele deslizaram sobre as suas. — Você não está mais sozinha.

Não. Ela tinha Harper e esse alienígena grande e resistente que finalmente a deixou passar por sua casca dura.

— Sei que você está com raiva do plano...

Ele segurou seu queixo.

— Hoje à noite, somos apenas eu e você. Ainda não quero pensar no amanhã.

Ela assentiu.

— Gosto dessa ideia. Então o que vamos fazer?

— Bem, eu estava pensando em tomarmos um banho juntos.

Ela estremeceu. Imaginando as mãos ásperas e ensaboadas esfregando sua pele.

— Gostei da ideia.

— Depois vou te deitar e lamber entre suas pernas até você gozar.

Ela ofegou.

— Oh.

Ela o ouviu rir.

— Gosta dessa ideia, né, doçura? Também estou planejando manter meu pau dentro de você a noite toda.

A noite toda? Ela não tinha certeza se estava animada, horrorizada ou impressionada. Certo, ela estava animada.

— Vou tomá-la de todas as maneiras que sei — ele falou e sua voz se tornou um grunhido.

Ah, cara.

Quando ele a pegou e a levou para o banheiro, Regan sabia que passaria uma noite longa e selvagem.

— EU ESTAVA PROCURANDO um porquinho da índia para testar meu novo lote de loção.

Thorin terminou de passar a toalha no peito e olhou para Regan. Ela estava sentada na beira da sua cama, usando uma das suas camisas. Era muito grande e caía de um ombro, deixando a pele macia descoberta. Era tarde. Ele conseguiu se esgueirar para pegar comida para se reabastecerem. Ele a devorou por horas, mas agora, vendo suas pernas e ombros nus e o cabelo bagunçado, sentiu algo se mexer dentro de si. Uma fome ainda não satisfeita.

— Porquinho da índia? — ele perguntou.

— Ah, um animal fofo, pequeno e peludo da Terra.

Ele piscou.

— Você acha que eu sou como um animal fofo, pequeno e peludo?

Ela sorriu.

— Não. Porquinhos da índia eram usados como cobaias antes de encontrarmos outras maneiras de testar produtos. Quero que você seja a minha cobaia. — Ela levantou um potinho. — Deite-se de bruços e me deixe passar isso em você.

Ele franziu a testa.

— É melhor não ter cheiro de flores.

Um sorriso feliz apareceu em seus lábios.

— Nada de flores. — Ela abriu o pote e um forte aroma cítrico encheu a sala.

Estava tão focado em sua própria raiva e teve medo de usar Regan como isca. Agora que a viu corada e relaxada percebeu que ela também estava preocupada.

E ele estava aumentando seu fardo. Percebeu que faria qualquer coisa para manter esse sorriso no rosto dela.

Se deitou na cama, apoiando a cabeça nos antebraços. Ela se aproximou, e ele sentiu a loção fria tocar sua pele. Ela começou a esfregar suas costas com movimentos firmes. Tinha mãos surpreendentemente fortes. Era bom.

E ela não hesitou em tocá-lo. Ele revelou seu passado e, embora soubesse que ela realmente não podia entender, Regan não parecia nem um pouco incomodada.

— Tentei algumas misturas diferentes, mas acho que essa é a melhor. — Ela apertou seus músculos e falou sobre os benefícios da loção. As coisas que ela havia tentado antes e que não funcionaram e como ela chegou à formulação atual.

Ele sorriu. Ela claramente amava seu trabalho. A sua mulher era inteligente.

Sua mulher?

— Ei, você ficou tenso. — Ela moveu as mãos em um aperto suave na sua espinha. — Relaxe.

Ele queria que Regan fosse sua? *Sim.* Ainda não tinha certeza de que era bom o suficiente para ela. Se ela realmente visse o que vivia dentro dele, correria gritando.

As mãos dela pararam.

— Thorin, suas escamas estão aparecendo.

— É um sinal de... forte emoção. — Ele sentiu a quietude dela.

— O que você está sentindo agora?

— Felicidade.

Ele esperou que ela dissesse alguma coisa, mas em vez disso, ele a sentiu se mover e deu um beijo na base do seu pescoço.

— Eu também. Quando fui abduzida, a felicidade parecia muito distante. Apenas um sonho impossível. Caramba, mesmo antes de ser levada, eu não estava feliz.

Thorin virou a cabeça.

— Por quê?

— Meus pais... eles queriam que eu me casasse, não trabalhasse e definitivamente não fosse para o espaço.

Queriam sufocá-la?

— Por que eles fariam isso?

— Eles tinham crenças diferentes. Não conseguiam entender minha profunda paixão pelo meu trabalho. Eu nunca fui boa o suficiente para eles.

Ele agarrou sua coxa.

— Essa falha é deles, não sua.

Ela limpou a garganta.

— Muito bem, grandão. Vire-se. Vou esfregar seu peito.

Thorin se virou, esticando os ombros. Seus músculos estavam soltos e relaxados.

— A loção é boa.

— Obrigada.

Ao se reacomodar, ele garantiu que a toalha que o cobria caísse. Viu o olhar de Regan descer pelo seu peito, amando aquele olhar ansioso e faminto nos olhos dela. Até que pousaram em seu pau duro como uma pedra.

Agora estavam arregalados.

— Thorin. — Ela umedeceu os lábios. — Como você pode estar pronto de novo?

— Olhando para você. — Ele levantou uma mão, puxando a camisa dela e abrindo-a. — Esta camisa é minha.

— Não rasgue. — Ela soltou uma risada. — Não teremos mais roupas nesse ritmo. — Ela colocou o pote de loção na mesa de cabeceira. Depois puxou a camisa por cima da cabeça.

Foi a vez de Thorin olhá-la com fome. Todas aquelas curvas lindas.

— Venha aqui — ele grunhiu. De repente, estava com muita fome.

Ele a puxou para cima, ouvindo seus gemidos roucos enquanto a posicionava sobre seu corpo. Quando colocou seus joelhos em ambos os lados da cabeça, viu as suas bochechas corarem.

— Thorin, não tenho certeza sobre...

Ele a segurou, olhando para a boceta rosada acima dele. Sem avisá-la, ele a lambeu.

Ela estremeceu.

— Ah, caramba. Isto é tão bom.

Thorin começou a devorá-la. Lambeu, chupou e penetrou a língua dentro dela. Ele amou seu gosto e sabia que nunca se cansaria disso. Regan começou a dar gritinhos enquanto movia seu corpo contra o rosto dele. Ele amava o quanto ela era desinibida em seus braços e os sons que ela fazia quando sentia prazer.

Ele continuou, sentindo as coxas dela enrijecerem. Encontrou o clitóris que era o epicentro de seu prazer e o devorou com atenção. Podia sentir seu orgasmo se aproximar. Mais do que tudo, queria ouvi-la gritar seu nome quando gozasse.

Ele chupou profundamente, lambendo-a de novo, e ela arqueou as costas, estremecendo. O som do seu nome arrancado da garganta dela ecoou no quarto.

Ela caiu em cima dele, e ele a virou para que ela se aconchegasse em seu peito. Regan ainda estava tremendo um pouco. Ele acariciou suas costas, sentindo seu cheiro.

— Perdi a noção de quantas vezes cheguei ao orgasmo — ela falou. — Tenho certeza de que ninguém deve gozar tantas vezes em um dia.

Ele sorriu contra os cabelos dela.

— Não acho que exista uma regra.

Ela se mexeu, as pernas deslizando contra as dele, esbarrando em seu pênis. Regan levantou a cabeça e ele viu um brilho nos olhos dela.

Ela não disse nada, apenas se afastou e se ajoelhou na altura dos seus quadris. Regan estendeu a mão e as envolveu ao redor dele, passando os dedos finos ao longo do pau grosso.

Drak. Os músculos do estômago de Thorin se contraíram.

— Regan.

— Quero te dar prazer. — Ela acariciou seu pau. — Quero te dar prazer como você me deu.

Ele não tinha certeza de que tinha o controle disso. Então ela se inclinou e chupou a cabeça inchada do pênis.

Thorin se forçou a não se levantar. Não havia como ela pegar todo ele em sua boca, mas o que ela estava fazendo ainda era bom. Regan estava deslizando a língua ao longo do seu pau e a imagem dos lábios dela foi o suficiente para deixá-lo louco.

— Regan. — Ele enroscou uma mão no cabelo dela.

— Sonhei com isso. — Ela moveu as duas mãos ao redor da base grossa do seu pau. — Na outra noite, só consegui lamber algumas vezes. Não foi o suficiente.

Ele gemeu.

— Eu também sonhei.

Ela o olhou.

— O que você quer?

— Chupe meu pau, Regan.

Ela fez um som faminto, apoiando uma das mãos na coxa dele como alavanca. Ele sentiu os dedos dela apertando a sua pele e então se inclinou e o chupou o mais fundo que pôde.

— Doçura... — Caramba, ele estava se desfazendo.

Ela não desviou o olhar do seu. Olhar para a doce e sexy Regan com os lábios ao redor do seu pau era demais.

— Eu vou gozar. — Ele estava muito perto.

Ela chupou mais.

Com um grito, Thorin gozou. Sentiu seu esperma jorrar enquanto o prazer explodia em seu corpo.

Regan engoliu tudo e quando ele desabou na cama, ela o olhou lentamente.

Thorin a puxou para cima.

— Você é boa demais para mim.

— Pare de dizer essas coisas. Faz tempo que quero fazer isso. — Ela moveu as mãos pelo seu ombro. — Desde que eu te vi pela primeira vez, tenho muitos pensamentos sedutores. Com o meu gladiador grande, forte e protetor.

Ele a puxou para perto. Regan viu mais nele do que ele mesmo tinha visto. Ela viu coisas de que ele gostava, que ele queria ser, mas ainda não tinha certeza de que elas estavam realmente lá.

— AH, Thorin. Mais.

Regan estava de bruços, apoiada nos travesseiros da cama. Thorin estava entrando nela por trás. Seu pênis grosso a estendeu, entrando e saindo de maneira impiedosa.

A luz do dia brilhava através da janela e sobre os lençóis emaranhados na cama. Ela estava um pouco dolorida com tudo o que tinham feito durante a noite e a manhã e, nessa posição, ele parecia ainda maior.

Os dedos dele estavam apertando seus quadris, o pau estocava entrando e saindo dela. O prazer era indescritível. Ela se sentiu selvagem e devassa.

Empurrou de volta contra ele. Precisava de mais. De algo. Ela o ouviu gemer, e na próxima estocada, ela gozou. Virou a cabeça, mordendo o travesseiro para abafar o grito.

Ele a estocou novamente, em seguida a segurou de forma brusca e a penetrou com força, grunhindo quando gozou dentro dela.

Ele caiu ao seu lado na cama. Tocou sua bochecha e depois afastou os cabelos do rosto.

— Eu fui brusco. Você está bem?

Ela lhe deu um sorriso preguiçoso.

— Acho que só posso mover os lábios. Todo o resto está mole.

Ele sorriu. Isso quase suavizou o rosto duro.

— Vai precisar se trocar em breve. O Galen mandou que entregassem vestidos para a festa, e eles devem estar aqui a qualquer momento. — Seu sorriso se dissolveu e seu rosto endureceu.

Ela estendeu a mão e segurou sua bochecha.

— Thorin, eu sei...

— Shh. — Ele segurou seus ombros. — Sei que você precisa fazer isso. Posso não ter família de sangue, mas tenho amigos. Irmãos de lutas. Eu lutaria para libertá-los, faria o que tivesse que fazer. — Ele respirou fundo. — Gostaria que você não tivesse que se arriscar, mas estarei lá o tempo todo. Vou te proteger.

O coração de Regan se derreteu um pouco.

— Obrigada.

Uma batida soou na porta.

Com um gemido, Regan deu um pulo. Ela estava deitada nua, com a pele arranhada da barba por fazer e hematomas por toda a parte, e o sêmen de Thorin secando em suas coxas.

— Preciso tomar banho.

Ele sorriu para ela.

— Não está tão mole agora. — Ele estendeu a mão, passando-a pela lateral do corpo dela.

Ela bateu na mão dele.

— Xôô. — Ela deu um passo para o banheiro, depois parou e olhou para ele. — Roupa, gladiador. Ninguém mais te vê nu além de mim.

Ele abriu um sorriso largo e satisfeito.

— Claro, doçura.

Regan fechou a porta do banheiro e entrou debaixo do grande chuveiro. A água caiu como uma cachoeira e ela derramou um pouco de sabão líquido nas mãos. Deixou as mãos deslizarem sobre o corpo, segurando os seios que Thorin havia lambido e sugado completamente. Passou os dedos pela barriga, lavando o gozo que ele havia derramado lá. Em seguida, moveu as mãos entre as pernas, onde ele a tomou várias vezes.

Sorriu consigo mesma. Thorin era seu. Podia ver que ele se importava com ela.

Uma vez que Rory estivesse livre, tudo ficaria bem na sua vida. Ela podia ter perdido a Terra e a família que tinha, mas sabia que poderia construir uma vida aqui. Algo bom.

Quando saiu do chuveiro enrolada em uma toalha, viu três vestidos pendurados. Todos eram bonitos, mas vê-los fez sua garganta se apertar.

A festa era esta noite. Ela estaria à venda, mesmo que fosse uma armadilha, e esses vestidos eram só uma versão bonita de correntes.

Os vestidos eram todos de cores claras – branco, rosa e azul bebê. Um deles tinha um top estilo frente única. Outro era no estilo deusa, deixando um ombro nu. O último era sem alças. Todos eram longos e fluidos, mas ajustados ao corpo. Ela estendeu a mão e tocou o tecido.

Thorin apareceu atrás dela. Uma presença grande e protetora.

— Estou nervosa — ela falou.

— Isso é bom. Vai te manter atenta. — Os braços dele

a envolveram, puxando-a para perto dele. — Você fará um ótimo trabalho. E eu não vou estar longe.

Ela se inclinou para ele.

— Não sei qual usar.

— Vista o azul. Vai ficar bonito contra a sua pele e seus cabelos dourados.

O azul tinha o top que amarrava na parte de trás do pescoço. Era bonito.

Thorin passou as mãos ao redor de seus quadris.

— E enquanto você o estiver usando, pense em mim empurrando o tecido dessa saia longa e entrando em você.

Isso a fez sorrir. Saber que ele estaria por perto a fazia se sentir melhor. Ela sabia que Thorin viria buscá-la, independentemente de qualquer coisa.

— Eles também deixaram algumas... pinturas. — Ele acenou para o rosto dela.

— Maquiagem?

Ele assentiu.

— E coisas para o seu cabelo. Se precisar de ajuda, uma funcionária da Casa pode te ajudar.

— Posso cuidar disso.

Então ele a virou. Estava segurando algo na palma da mão.

— O que é isso? — Era um quadradinho preto.

— É um dispositivo de disrupção. Isso vai romper a segurança da Casa de Vorn e nos permitirá acessar o lugar.

Ela o pegou.

— O que eu faço com isso?

— Quando estiver lá dentro, basta pressionar o botão e o esconder em algum lugar.

Parecia fácil o bastante. Colocou o equipamento no bolso do vestido.

Thorin estendeu outra coisa. Era um pequeno ponto azul do tamanho da unha do polegar.

— O rastreador. Tem que ser implantado sob a sua pele.

Seu estômago se apertou. Uma parte sua queria, por segurança. A outra odiava a ideia de que as pessoas pudessem monitorar cada movimento seu.

— Sem rastreador, sem plano. — O tom dele era inflexível.

Ela assentiu.

— Boa garota. Se você estiver pronta, vou pedir a um dos curandeiros de Hermia que o coloque. Não vai doer. Eu prometo.

Ela assentiu. Confiava completamente nele.

CAPÍTULO TREZE

Quando Regan entrou na sala, todos a olharam. Ela lutou contra o desejo de agarrar o tecido do vestido como uma distração.

Harper foi até ela.

— Você está bonita.

— Só o melhor para me vender ao maior lance.

Harper apertou os braços de Regan.

— Você não precisa fazer isso.

— Sim, mas eu quero. Pela Rory.

Harper ficou quieta por um momento.

— Pela Rory. E pela Madeline quando finalmente conseguirmos uma pista sobre a localização dela. — Harper pigarreou. — Quer me contar sobre ter passado a noite inteira trancada no quarto do Thorin?

Regan lutou para controlar seu rubor.

— Não.

Harper se inclinou para mais perto.

— Caso não saiba, você grita bem alto.

Ah, Deus. Agora suas bochechas ardiam.

— Eu... eu...

A amiga sorriu.

— Então foi bom?

Regan conseguiu assentir.

— Em uma escala de um a dez?

— Cerca de cem.

O sorriso de Harper aumentou.

— Ótimo.

Raiden entrou. Regan teve o prazer de ver Harper corar quando o olhar dela seguiu seu amado. Ele estava muito mais vestido do que Regan já tinha visto. Usava uma camisa cinza escura enfiada na calça de couro preto. Seus músculos estavam cobertos, mas não havia como confundi-lo com algo além do gladiador durão que ele era.

— Regan?

Ela se virou e viu Lore parado ali perto.

— Não estou envolvido na missão desta noite, mas queria lhe dar uma coisa. — Ele estendeu a mão.

Ela observou a palma da mão dele. Não havia nada.

— O quê? Essa é uma das suas ilusões?

Ele usou a outra mão e retirou um pequeno quadrado cor de carne da mão.

— Não. Este é um explosivo de alta tecnologia. Você pode colocá-lo em qualquer superfície sólida de metal. Tem uma micro-explosão retardada que lentamente corroerá o metal.

Ela o pegou com cuidado, se inclinou e pressionou-o no tornozelo.

— Não vai explodir no meu rosto?

Ele sorriu.

— Não. — Entregou a ela um segundo quadrado explosivo e depois passou um dedo em seu queixo. — Boa sorte. Te vejo quando você voltar.

Thorin apareceu.

— Pronta? — Seus olhos famintos a observaram, e Regan fez o mesmo. Ele usava uma roupa semelhante à de Raiden, mas sua camisa cinza não tinha mangas, mostrando a protuberância do bíceps.

— Pronta.

Mais tarde, quando atravessou a grande entrada do Dark Nebula Casino, ela remexeu o tecido do vestido com ansiedade.

O cassino era um borrão para ela. Havia paredes escuras e pretas decoradas com obras de arte interessantes e vasos elegantes cheios de flores exóticas incríveis. Ela olhou para cima e por um segundo, sua atenção se voltou para o teto. Uau. Era iluminado como uma nebulosa multicolorida – estrelas brilhando, cores mudando.

Mas então o som intenso, as luzes das máquinas de jogo e a multidão de pessoas lá dentro a dominaram. Havia inúmeros alienígenas – humanoides ou não – todos curvados sobre várias mesas, jogando certos jogos que ela não reconheceu.

Seu vestido fluía ao redor do corpo e o pulso doía um pouco onde o rastreador havia sido implantado, mesmo que não houvesse sinal dele do lado de fora. Galen estava ao seu lado, e Raiden e Thorin estavam logo atrás. Os homens estavam alertas, observando tudo ao redor.

— Por aqui. — Galen a conduziu com um toque gentil no braço.

Eles se moveram através da multidão. Aqui, no Distrito, a cidade de Kor Magna parecia muito diferente. Tudo era brilhante, chique e moderno. Sem os alienígenas, ela quase podia imaginar que estava em um cassino em Las Vegas.

Regan olhou para um grupo de seres esparramados em um aglomerado de cadeiras, com expressões felizes em seus rostos. Havia uma névoa de fumaça sobre eles, que estavam passando algum tipo de cano de um para o outro. O riso vinha de outro grupo aglomerado ao redor de uma mesa com um jogo holográfico projetado nela. E junto à parede, duas alienígenas se beijavam como se não houvesse mais ninguém na sala.

Muitas pessoas encararam Regan. Ela sabia que era diferente, uma singularidade, e odiava ser o centro das atenções. Respirou fundo. Teria que se acostumar com isso.

Galen os levou a um compartimento com tubos de vidro que pareciam elevadores. Portas curvas e lisas se abriram silenciosamente quando se aproximaram. Eles entraram e quando as portas se fecharam, a cápsula subiu suave e silenciosamente.

— Você está bem? — Thorin pressionou a mão nas suas costas.

Ela assentiu, respirando fundo.

— Estou pronta.

— Estamos indo para um dos andares superiores — Galen comentou. — Rillian reservou uma sala privada para a festa de hoje à noite.

— Qual é o nome completo de Rillian? — Regan perguntou, mais para manter seu cérebro ocupado.

— É só Rillian — Gallen respondeu. — Ninguém sabe se ele tem outros.

O elevador diminuiu a velocidade e então a porta se abriu. Eles entraram em um salão pintado de preto fosco. Ela ficou surpresa ao ver imagens holográficas e em movimento de mulheres elegantes, cobertas de tinta dourada dançando ao longo do salão.

Um homem estava diante deles e ela imaginou que aquele devia ser o rico e misterioso Rillian.

Ele era escandalosamente bonito e usava um terno escuro que combinava perfeitamente com seu corpo. Os cabelos negros como a meia-noite roçavam seus ombros e os olhos eram completamente pretos também. Ele era alto, mas muito mais magro que os gladiadores.

— Galen, seja bem-vindo — o homem disse.

Galen assentiu para ele.

— Rillian, obrigado por nos ajudar.

— Eu estava em dívida com você. — Ele voltou o olhar para Regan, e ela viu os olhos dele mudarem de preto para um prateado brilhante.

Regan piscou para se certificar de que não tinha imaginado isso. O homem pegou sua mão e se inclinou sobre ela, pressionando os lábios nos nós dos dedos.

— Você deve ser a Regan. — Rillian levantou a cabeça. — O Galen se esqueceu de mencionar que você era tão pequena e bonita.

Thorin se aproximou, seu peito tocando as costas dela.

— Afaste-se.

Rillian levantou uma sobrancelha escura.

— Me desculpe. Eu não sabia que ela já havia sido

tomada. Ela é adorável. Os Vorn terão convulsões de alegria quando a virem.

O estômago de Regan se revirou, e ela sentiu Thorin ficar tenso.

Ela limpou a garganta.

— Devemos ir para a festa. — Quanto mais cedo fizessem isso, mais cedo ela estaria em segurança na Casa de Galen com Rory.

Rillian assentiu e seus olhos prateados brilharam.

— Boa sorte.

Eles entraram em uma sala grande e bonita. Regan engoliu um suspiro. O lugar era cercado por vidro e oferecia uma vista brilhante de Kor Magna.

A cidade se estendia à frente. Ela viu a faixa de jogo do distrito logo abaixo, com suas luzes e fontes. Além disso, havia a arena e a cidade. Era incrível ter uma visão panorâmica da pedra antiga da estrutura gigantesca. E além da cidade, ela viu o deserto se estendendo até o horizonte, onde o primeiro dos sóis de Carthago afundava além da borda do planeta.

Conseguiu desviar o olhar da vista e se concentrar no cômodo.

Era uma festa bastante elegante. Uma multidão de pessoas estava ao redor, vestida com roupas brilhantes, tomando bebidas multicoloridas e espumosas de copos compridos e finos.

Galen se inclinou para perto e falou com a voz baixa.

— Aquele, do outro lado da sala, examinando a obra de arte na parede... é um dos Vorn.

As mãos de Regan ficaram frias. Os Vorn eram altos, com quadris estreitos e uma crista espessa que começava no nariz, subia pela testa e desaparecia nos cabelos grossos e encaracolados.

Thorin a alcançou e segurou sua mão.

— Você vai ficar bem.

Ela assentiu.

— Eu sei.

Galen deu um passo à frente.

— Precisamos dar uma volta. Te mostrar.

Quando o imperador estendeu o braço, ela o aceitou. Olhou para Thorin, viu algo cintilar em seu olhar e, em seguida, começaram a andar.

Galen a surpreendeu por suas maneiras muito refinadas. Ele parou e conversou com várias pessoas, balançando a cabeça e dizendo olá.

Ela olhou para ele. O imperador usava um tapa-olho brilhante hoje à noite e parecia quase arrojado.

Ele a viu olhá-lo.

— O que foi?

— Você. Você é... encantador.

Ele levantou uma sobrancelha.

— Fui criado para servir a realeza, Regan. Não fui treinado apenas em lutas.

Talvez não, mas ela podia ver que isso estava em seu sangue. Ele salvou seu príncipe e forjou sua casa aqui para sustentar os dois. Mas ela sentiu muita solidão nele. Isso era algo que seu cativeiro a havia treinado para reconhecer. Ela suspeitava que seria preciso uma mulher muito forte para romper a concha de Galen.

Thorin estava logo atrás deles. Toda vez que Regan olhava, ela o via observando-a.

Quando ela examinou a sala, viu o imperador da Casa de Vorn a observando.

Lutou para não reagir. Havia um olhar enlouquecido e faminto em seus olhos – não luxúria, ou pelo menos, não luxúria sexual. Apenas uma necessidade avarenta de possuir.

Thorin grunhiu e ela se virou. Eles andaram um pouco mais pela multidão. Regan não falou com ninguém. Manteve os olhos baixos enquanto as pessoas elogiavam Galen por sua aparência. Tudo, desde seu tamanho pequeno, sua pele lisa, seus cabelos dourados. Seu estômago revirou.

Finalmente, eles pararam perto da janela. O céu já estava escuro e Kor Magna era um mar de luzes. Se ela esperava um adiamento, estava muito enganada.

— Galen.

Ela levantou a cabeça. O imperador Vorn estava logo atrás dela.

— Kuhl. — A voz de Galen não parecia muito amigável.

— Ela é tão adorável quanto você falou. — Kuhl levantou uma mão para tocar seus cabelos.

Thorin ergueu a mão e segurou o pulso do imperador. A expressão do Vorn ficou ultrajada.

Galen girou sua bebida.

— Ela não é sua para tocar, Kuhl.

— Por enquanto — Kuhl retrucou, afastando a mão. Então o homem respirou fundo, disfarçando seu temperamento. — Vamos tomar uma bebida e conversar. — Seu olhar passou por Regan como se ela fosse uma obra de arte. — Eu a quero. Vamos discutir o que isso vai me custar.

— Vai custar mais, já que você atacou um dos meus homens e tentou sequestrá-la do mercado — Galen respondeu, seco.

Regan se perguntou se alguém ouvia a letalidade cortante sob essas palavras. Ela não queria estar contra Galen.

Kuhl tomou um gole de bebida e lançou um sorriso largo para ele.

— Não sei do que você está falando.

Mas Regan viu nos olhos do Vorn que ele sabia. Sabia e era o responsável.

— Você pode fazer um lance por ela no leilão — Galen disse.

O imperador deu de ombros.

— Não há necessidade de leilão. Farei uma oferta que você não poderá recusar. Ela vai combinar muito bem com meu animal de estimação ruivo e mal-humorado.

O coração de Regan acelerou. Lá estava. A prova definitiva de que este homem estava mantendo Rory em cativeiro.

Galen olhou fixamente para o homem antes de assentir.

— Venha.

Os homens se acomodaram em grandes cadeiras confortáveis ao lado da sala, bem perto das janelas. Uma garçonete deslumbrante com a pele azul chegou, trazendo bebidas. Galen chamou a atenção de Regan e fez um gesto para ela se sentar no chão aos seus pés. Ela se ajoelhou de forma graciosa.

Thorin se aproximou o suficiente para que suas botas roçassem as pernas dela. Aquele pequeno toque a firmou.

Os dois imperadores ergueram as bebidas e começaram a conversar. Kuhl começou a descrever uma das lutas recentes na arena enquanto pegava um cartão e um instrumento de escrita. Ele rabiscou algo no cartão e jogou para Galen, que o pegou em um movimento ágil.

— É isso o que vou pagar por ela. — Kuhl se recostou na cadeira.

Galen olhou para o cartão e depois levantou o copo. Ele girou o gelo e o fluido azul nele.

— Não é suficiente. Até onde sabemos, os thraxianos capturaram alguns humanos da Terra antes que o buraco de minhoca transitório que costumava chegar ao sistema colapsasse. Eles são raros.

Kuhl semicerrou os olhos.

— Raros, sim. Mas ouvi dizer que os thraxianos conseguiram mais do que alguns.

Regan levantou a cabeça. Kuhl lhe deu um sorriso que a deixou tensa. A perna de Thorin se moveu contra ela, que lutou contra o desejo de se apoiar nele.

Kuhl deu um preço mais alto.

Galen balançou a cabeça.

— Dobre-o.

A mandíbula de Kuhl tensionou. Finalmente, ele assentiu.

— Tudo bem. Essa é minha última oferta.

Galen ficou quieto por um momento. Mas ela sentiu o foco dele e de Thorin, e sabia que Raiden também estava por perto.

Então Galen assentiu.

— Vendida.

Regan ficou tonta por um segundo. Isso não era nada como ser violentamente agarrada pelos thraxianos. Ela se ofereceu para isso. Sabia que não era real.

Kuhl sorriu como um homem louco e bateu palmas.

Regan apertou as mãos no colo e lutou contra uma onda de náusea. Era isso que ela queria, ajudar Rory. Mas muitos pesadelos do seu tempo com os thraxianos ressurgiram. Ela manteve o olhar no chão.

A mão de Thorin segurou seu ombro e o apertou. Ela percebeu que podia sentir uma tensão horrível pulsando nele.

— Acho que é hora de tirar minha nova aquisição do olhar do seu gladiador gigante. — O olhar de Kuhl caiu para a mão de Thorin. — E para longe de suas mãos ásperas. Algo me diz que ele acha que a pequena mulher é dele.

Thorin fez um som profundo de rosnado.

— Thorin — Galen falou em tom de aviso.

— Venha... animal de estimação. — O imperador Vorn se levantou e estendeu a mão para ela.

Regan hesitou. Então ela lembrou a si mesma que era pela Rory. Relutante, Regan estendeu a mão e a colocou na dele.

Ele a puxou para seus pés.

— Estamos indo embora.

Ela olhou brevemente para Thorin, vendo a fúria em seu rosto. Viu Raiden se aproximar do lado do amigo.

Kuhl a afastou e a multidão os engoliu. Estava se afastando de Thorin e da segurança da Casa de Galen.

— Você ficará muito bonita na minha coleção. — Ele

se inclinou para perto, cheirando-a. — E é muito cheirosa também.

O cara era meio louco. Perseguidor. Esfregou disfarçadamente o pulso. Estava com o rastreador. Agora, só precisava encontrar Rory, desativar a segurança da Casa de Vorn e esperar que seus gladiadores a procurassem.

Thorin viria buscá-la. *Não demore muito, Thorin.*

THORIN ANDAVA de um lado para o outro. Estava ficando louco. Deixar Regan ir com aquele idiota...

— Vá com calma, Thorin. — Raiden apertou o ombro dele.

Estavam em uma área privada da suíte de Rillian, com vista para o cassino. Thorin decidiu que odiava o lugar: havia muito de tudo. Muitas pessoas, muita tecnologia, muito barulho e muita luz.

Parte do charme de Kor Magna era que a arena não havia mudado muito em centenas de anos. Havia um senso de história na pedra e na areia do chão da arena. Mas era mais do que isso. Era um sentimento de se despojar de toda a tecnologia e as armadilhas. Era o homem contra o homem da maneira mais básica.

Mas agora, Regan estava contra um oponente muito mais perigoso, e ela tinha ido com ele armada com nada além da sua inteligência.

— Certo, eles estão na Casa de Vorn. — Galen levantou uma pequena tela portátil que estava olhando. Thorin podia ver um pequeno ponto brilhante que ele sabia que representava Regan.

— Você está sob controle? — Raiden perguntou.

Thorin assentiu. Regan precisava que ele se acalmasse.

Rillian apareceu, se movendo com a graça de um gato caçador. O homem era todo charmoso e elegante, mas algo nele desencadeava os sentidos de Thorin. Ele era perigoso, mas sabia como esconder isso.

O dono do cassino apertou as mãos nas costas.

— Não gosto dos Vorn. Eles se declaram colecionadores, mas são grosseiros. E loucos.

E eles estavam com Regan. Thorin grunhiu.

— Nossos agradecimentos por sua ajuda — Galen falou.

O homem assentiu.

— Ela é uma boa garota. — Ele observou Thorin. Seus olhos estavam negros novamente, mas agora com filamentos de prata que se deslocavam. — Também é corajosa. Se houver mais alguma coisa que eu possa fazer para ajudar, me avise. — Ele olhou de volta para Galen. — Nenhum marcador necessário.

— Vamos tocar daqui — Thorin falou entre os dentes.

Rillian assentiu.

— Boa sorte em recuperar sua mulher.

Galen assentiu e observou Rillian se afastar, a luz da tela refletindo em seu rosto.

— Certo, vamos nos preparar e nos colocar em posição. Kace, Saff e os outros estão esperando por nós na Casa de Galen. Depois que Regan desabilitar a segurança, precisamos estar prontos para avançar.

Na viagem de volta à Casa de Galen, Thorin se manteve concentrado na tarefa. De volta ao seu quarto, ele tirou as roupas elegantes. Vestiu as peças de couro preto que usavam para suas missões secretas. Pegou o machado, encaixando-o na correia das costas.

Na sala de estar, encontrou os outros. Raiden, Harper, Kace e Saff estavam todos vestidos de preto, como ele. Pequenas máscaras pendiam do pescoço. Carthago não tinha muitas leis e, além dos limites da cidade, não havia nenhuma. Mas havia alguns não escritos na arena, e invadir outra Casa sempre foi considerado uma brecha digna de retaliação. Era melhor que não fossem identificados se as coisas dessem errado.

Nero e Lore entraram. Nero estava carrancudo.

— Quero participar dessa missão.

Raiden balançou a cabeça.

— Esta é uma extração simples. Não queremos anunciar nossa presença.

— Se vocês precisarem de ajuda, avisem-nos — Lore acrescentou.

Galen chegou, também vestido de preto. Sua espada pendia do quadril.

— Segurança desativada? — Thorin perguntou.

Galen verificou a tela presa ao pulso. Balançou a cabeça.

Droga. Por que estava demorando tanto? Ela estava bem?

Se Kuhl a tivesse machucado...

Thorin sentiu a fúria ferver como um rio derretido. Sentiu as escamas tremerem ao longo do braço.

— Calma — Raiden falou. — Ela é esperta.

Thorin mexeu os pés. Ele sabia disso. Mas odiava esperar, imaginando o que estava acontecendo com ela.

— Vamos nos posicionar — Galen orientou.

Logo, os seis entraram nos túneis em direção à Casa de Vorn. Ninguém falou e chegaram rapidamente à entrada da Casa. As portas eram ladeadas por guardas e a madeira era gravada com um motivo de videira em flor.

Thorin e os outros esperaram com as costas pressionadas contra a pedra. Galen verificou a tela. Balançou a cabeça.

Vamos lá, Regan. Thorin lutou contra o desejo de correr contra os guardas, derrubá-los e atacar para entrar.

Então, ele ouviu um bipe quase inaudível. Galen olhou para cima, com um meio sorriso satisfeito no rosto.

— Ela conseguiu. — Ele balançou a cabeça para os demais e, em grupo, avançaram em silêncio.

Os guardas ergueram a cabeça quando eles apareceram, mas Thorin os atingiu antes que eles pudessem reagir. Derrubou um com um soco forte no rosto e já estava girando para encontrar o segundo. Ele agarrou a mulher atarracada pelos pulsos, forçando-a a soltar a espada.

Desleixados. Estavam tão acostumados a saber que havia um sistema de segurança de alta tecnologia em funcionamento que se tornaram complacentes. Um segundo depois, os dois guardas estavam inconscientes contra a parede.

— Podia ter guardado algo para o resto de nós — Saff resmungou baixinho.

Galen foi até as portas e pegou um pequeno dispositivo. Pressionou-o na fechadura grande e digitou um código. As luzes piscaram quando o disjuntor começou a funcionar. Um momento tenso passou, então o disjuntor apitou e as portas se abriram.

Eles estavam dentro.

Galen se virou para eles à luz fraca das lanternas próximas.

— Saff, Harper, vocês ficam aqui em guarda. Ninguém entra ou sai.

— O quê? — Saff parecia querer discutir. A mulher sempre preferia estar no meio de uma luta, mas Kace e Raiden haviam vigiado a última missão.

Galen levantou uma sobrancelha, e Saff soltou um suspiro.

— Tá bom, G.

Os quatro homens entraram e pararam.

— Cacete — Raiden murmurou.

Havia plantas por toda parte. O cheiro exuberante atingiu Thorin, dominando seus sentidos. As plantas cresciam ao longo das paredes e subiam pelo teto em uma confusão selvagem e emaranhada. Algumas estavam cobertas de flores, outras com espinhos gigantes, e outras tinham folhas enormes, tão largas quanto o peito de Thorin.

Eles viviam entre tudo isso. Thorin balançou a cabeça. Os Vorn eram muito estranhos.

— Sem guardas? — Kace perguntou baixinho.

— Eles dependem do sistema de segurança — Raiden respondeu.

— Ninguém nunca desarmou o sistema. — Galen se inclinou sobre a tela. — Kuhl deve ser muito avarento para desperdiçar recursos extras com guardas. Regan está em um nível mais baixo.

Eles rastejaram pelas plantas e Thorin avistou um corredor que dava acesso para o lado. Ele acenou com a cabeça para Raiden. Eles espiaram por dentro e, através da escuridão, viram alojamentos e ouviram o som de vozes conversando e pratos batendo. Devia ser onde os Vorn mantinham seus gladiadores.

— Aqui — Kace sussurrou em algum lugar por perto.

Thorin e Raiden se esgueiraram através da folhagem. Kace e Galen estavam de pé ao lado de um conjunto de escadas que desciam em espiral.

Juntos, eles desceram os degraus de pedra. A escuridão aumentou, mas perto do fundo, Thorin podia ver um estranho brilho verde.

Eles saíram da escada e entraram em outra sala grande. Mais uma vez, havia mais plantas por toda parte, e algumas delas brilhavam em um tom de verde fluorescente.

Thorin viu algo se mover através da escuridão, algum tipo de animal se esgueirando entre as plantas. No alto, pássaros começaram a grasnar.

Drak. Os pássaros iam entregá-los. Todo o lugar o lembrava das estufas que as famílias ricas mantinham em seu mundo de origem.

Eles se moveram para a parede verde, empurrando a vegetação e indo na direção da localização de Regan.

Até que ele viu outra coisa à frente, brilhando através das árvores.

— Raiden — murmurou.

Desta vez, o brilho era azul. Thorin empurrou uma folha gigante e viu uma fileira de gaiolas de energia.

Quando se aproximaram, viram animais rondando

atrás das grades. Alguns eram grandes felinos com peles listradas e presas afiadas. Outros eram répteis gigantes, com grandes chifres e espinhos nas costas. Havia também alguns alienígenas humanoides de diferentes formas e tamanhos.

Ele se moveu silenciosamente ao longo da fileira, com a equipe logo atrás. A gaiola seguinte continha uma mulher de pele azul e pernas longas, deitada com um olhar entediado. A última gaiola continha um bando inteiro de pequenas criaturas aladas.

A mandíbula de Thorin travou. Ele odiava os traficantes de escravos thraxianos, mas decidiu que odiava os Vorn igualmente. Pelo menos, os thraxianos assumiam ser traficantes idiotas. Os Vorn tentavam embelezar a situação e fingir que eles estavam fazendo algo bom e interessante.

— Vamos seguir em frente — Galen orientou.

Eles voltaram para a densa folhagem, se movendo para a localização de Regan.

De repente, os pássaros pararam de grasnar. O silêncio caiu sobre eles como um cobertor sufocante.

Thorin fez uma pausa, inclinando a cabeça para encarar os galhos cobertos de vegetação e as folhas no alto.

— Eu não gosto disso — Raiden murmurou.

Um grande corpo caiu da árvore acima e bateu em Thorin. Ele caiu de joelhos e conseguiu agarrar as mandíbulas poderosas do animal antes de prendê-las em volta da garganta.

Vagamente, ele estava ciente de mais criaturas caindo das árvores para as outras.

Thorin se viu cara a cara com uma criatura que nunca tinha visto antes. Tinha mandíbulas como um gato caçador, um único olho que brilhava como um ouro ardente, escamas como um réptil e dezenas de tentáculos fortes que estavam envolvendo seus braços e apertando com força.

Drak. Ele viu Raiden lutando com outra criatura no chão, Kace em pé com uma presa em volta dos braços e Galen cortando uma quarta criatura com sua espada.

Thorin se virou e jogou a criatura no tronco de uma árvore. Fez um som estridente e os tentáculos afrouxaram um pouco.

Conseguiu soltar uma mão, agarrar a adaga da coxa e depois enfiar no olho do alienígena.

Ele o soltou instantaneamente e caiu no chão, balançando, seus tentáculos se contorcendo.

Thorin se virou e puxou o machado. Ele o empunhou, cortando a cabeça da criatura. Em seguida, se aproximou para ajudar os amigos.

Quando todos se libertaram das criaturas, ouviram um rosnar das árvores à frente.

Sombras se moveram. Grandes.

— Prontos? — ele perguntou.

Ele ouviu espadas sendo sacadas e viu o balanço do bastão de Kace no brilho verde.

— Prontos — Raiden respondeu.

Cães gigantes saltaram das árvores.

Thorin balançou o machado, cortando a cabeça de um animal. Seus companheiros gladiadores atacaram o resto do grupo. Thorin bateu o cabo do machado na palma da mão. Viu alguns cães pararem. Eles farejaram, sentindo o cheiro do sangue de seus companheiros. Então se afastaram, rosnando. Depois desapareceram na vegetação.

Kace, Galen e Raiden se aproximaram de Thorin.

— Lugar legal — Raiden comentou com o tom seco. — Eu me pergunto o que mais os Vorn estão escondendo em sua *coleção*.

Sim, bem, Thorin realmente não queria descobrir. Tudo o que ele queria era Regan de volta em seus braços e sua prima em segurança.

Seguindo em frente, encontraram um caminho serpenteando pela vegetação. Galen assentiu, e eles o seguiram até chegarem a um portão feito de metal trabalhado.

— E agora? — Raiden resmungou.

— Precisamos passar por aqui — Galen respondeu. — A Regan está do outro lado.

Thorin abriu o portão e ele se abriu com um som metálico. Ele entrou no que parecia ser uma espécie de gaiola gigante, a parte superior se arqueava até o telhado.

De repente, um guincho selvagem soou acima deles.

— Ah, *drak* — Thorin grunhiu. Eles levantaram suas armas.

As espadas de Raiden e Galen brilhavam na luz emitida pelas plantas. Kace girou seu bastão, controlando-o, e Thorin ergueu o machado.

Algo desceu. Ele ouviu o bater de asas ecoando no espaço ao seu redor. Houve outro grito e um bando inteiro de pássaros com garras gigantes os atacou.

Thorin colocou o machado acima da cabeça, pegando um pássaro e fazendo-o voar. Eles grunhiram e xingaram enquanto lutavam. Thorin continuou atacando, mas um passou por ele e suas garras rasgaram a pele na parte de trás do pescoço. Com um rugido, ele girou e bateu com a arma em outro pássaro cruel.

Finalmente, todos os pássaros caíram. Thorin apoiou a cabeça do machado no chão, precisando respirar. Ele olhou para os outros. Raiden e Kace tinham arranhões no peito, a pele visível através dos rasgos nas camisas pretas. A bochecha de Galen estava cortada e o sangue escorria pelo rosto.

— Vamos pegar a Regan e sua prima e dar o fora daqui — Raiden sugeriu. — Não pretendo voltar para uma visita tão cedo.

Eles saíram do aviário, seguindo o caminho por mais algumas árvores quando, de repente, a vegetação se tornou uma clareira. Thorin ainda não conseguia acreditar que o Vorn havia construído esse lugar embaixo da arena. Este imenso espaço, cheio de plantas e animais da selva que deveriam ser livres.

Galen seguiu em frente.

— Não está longe agora. Ela deve estar...

Uma rede gigante saiu de algum lugar e se enrolou no corpo de Galen. A força derrubou o imperador e o jogou contra uma árvore próxima. As cordas da rede se moveram, entrelaçando e segurando-o rapidamente. Com um rugido, Galen empurrou contra as cordas.

Raiden e Kace correram para ajudá-lo. Assim que saíram do caminho, o chão desapareceu embaixo deles.

— Não! — Thorin gritou.

Os dois homens caíram em enormes buracos no chão.

— Raiden? Kace? — Thorin olhou para a escuridão.

— Estou bem — Raiden falou.

— Eu também — Kace respondeu.

Thorin olhou para Galen. O tapa-olho do imperador estava torto, mas na escuridão, Thorin não conseguia ver o que havia por baixo. Tanto quanto ele sabia, ninguém na Casa de Galen sabia como o imperador havia perdido seu olho.

Galen parecia chateado, estava com a mandíbula travada, mas não estava ferido.

Thorin estava na beira do caminho, avaliando suas opções. Ele estava dividido entre ajudar seus amigos e salvar sua mulher.

Então Raiden gritou:

— Vá encontrá-la, Thorin. Nós vamos encontrar uma saída daqui.

Até que ele ouviu Kace xingar – o homem raramente fazia isso – e alguns profundos rosnados de animais soaram do poço.

— Vá, Thorin — Galen ordenou.

Com um único aceno de cabeça, Thorin levantou o machado e voltou a seguir. Sim, era oficial, ele odiava os Vorn.

A bioluminescência verde das plantas desapareceu lentamente, deixando-o na escuridão completa. Seus passos diminuíram de velocidade, e ele seguiu com seus sentidos. Suas botas faziam barulho contra o cascalho e a única coisa que ele podia sentir era o cheiro das flores.

De repente, uma luz se acendeu, cegando-o.

Thorin levantou a mão e um borrão se transformou em Kuhl.

O imperador estava sentado em uma grande cadeira

feita de árvores retorcidas, como se fosse um maldito trono da selva. Atrás dele, havia uma impressionante exibição de armas alienígenas – punhais, gravetos envenenados, armas de fogo. Eles estavam apoiados em uma prateleira esculpida, projetada para exibi-las. Ele estava acariciando um pequeno animal alado nos braços. A criatura olhou para Thorin e piscou seus enormes olhos escuros. Então ele sibilou e mostrou os dentes pontudos.

Em seguida, Thorin ouviu um pequeno suspiro. Ele virou a cabeça e viu Regan.

Ela estava de pé, junto à cadeira de Kuhl. Não estava mais com seu vestido de festa. Ela usava uma saia curta e um pequeno metal retorcido cobria seus seios. Estava com uma corrente grossa em volta do pescoço, cuja ponta ia até onde o Vorn estava sentado.

E ao lado de Regan, vestindo uma roupa semelhante, com as mãos algemadas, estava uma mulher claramente exausta – mas de aparência desafiadora – com cabelos ruivos.

CAPÍTULO CATORZE

Thorin estava aqui.

O pensamento reverberou na cabeça de Regan e seu pulso acelerou. Ela ouviu a luta e suportou a alegria de Kuhl quando ele a informou que Galen e seus homens estavam presos.

Mas claramente, Thorin não estava.

Regan se forçou a controlar o medo. Ela sabia que Rory estava machucada, com uma contusão no rosto. No pouco tempo que Regan esteve aqui, tudo o que ela ouviu foi Rory fazendo comentários desafiadores para o imperador Vorn.

O homem pode considerar Rory um animal de estimação, mas não se importava de bater nela.

— Vai ficar tudo bem — ela sussurrou para a prima.

Rory desviou o olhar.

— Seus amigos não estão indo muito bem agora.

— Você não os conhece como eu. Eles são lutadores ferozes. E Thorin... — Ela olhou para ele de pé, alto e poderoso. — Ele nunca desiste.

Havia raiva em seu rosto e o modo como suas mãos seguravam o cabo do machado lhe dizia que ele estava fora de controle. Ela sabia que, sob a camisa preta, suas escamas estariam aparecendo.

— Você invadiu meu domínio — Kuhl declarou. — Isso significa que posso defender o lugar com força letal.

— Você pode tentar — Thorin disse.

Kuhl levantou a mão e os guardas dos Vorn correram de todos os lados.

Com um rugido, Thorin girou o machado. Ele lutou com golpes brutais, sem dar trégua. O som da luta ecoou nos ouvidos de Regan.

— Você não deveria ter vindo, Regan — Rory murmurou.

— Como eu poderia te deixar aqui?

— Você deveria ter ficado em segurança!

Regan ignorou a prima e levou as mãos até os tornozelos. Tocou a pele até encontrar os pequenos adesivos finos que Lore havia lhe dado. Olhou para cima para garantir que Kuhl ainda estivesse ocupado, depois tirou um e entregou a prima.

— São pequenos explosivos. Coloque nas algemas e vai destruí-las.

Rory o pegou.

— Não vai explodir minhas mãos?

— Espero que não.

Rory lhe deu uma olhada e se inclinou. Rapidamente, Regan pressionou o segundo adesivo nas próprias algemas.

Um rugido de dor ecoou ao redor delas. Regan se virou. Não!

Três guardas atacaram Thorin ao mesmo tempo, com longas armas de choque que brilhavam em azul nas extremidades. Ele estava de quatro, sem o machado, lutando para se levantar. Outro guarda veio atrás, erguendo sua arma de choque.

Com o coração disparado e a mente em branco, Regan se adiantou.

— Oh-oh. — A corrente em volta do seu pescoço foi puxada, e ela cambaleou para trás. — Eu sabia que esse bruto queria você para si — Kuhl resmungou.

Ela olhou para ele.

— Você é o bruto, não ele. Você finge que é culto e iluminado, mas escraviza as pessoas. Você é bárbaro. Thorin é cem vezes melhor que você.

O imperador semicerrou os olhos.

— É melhor esse animal não ter tomado você. Melhor não ter babado por todo o meu animal de estimação.

Ela sorriu.

— Ah, ele me tomou. Várias vezes. E adorei cada minuto.

Kuhl puxou a corrente com violência, e ela tropeçou. Ele a puxou até que ela foi pressionada contra suas pernas e ele envolveu a mão em seus cabelos.

— Ele não passa de um lutador, uma arma. Não é melhor que um animal. — Kuhl virou sua cabeça de forma dolorosa para que ela assistisse à luta. — Olhe para ele. Está lutando como um homem selvagem.

Thorin parecia selvagem. Ele conseguiu derrubar dois guardas e roubar uma arma de choque. Ele a empunhou, atingindo os guardas. Tinha um olhar terrível no rosto.

Mas ela conhecia o verdadeiro Thorin. Conhecia o coração dele.

— Ele é um bom homem. E eu o amo.

Do lado dela, Rory ofegou. Kuhl sorriu. Era um sorriso malvado.

Regan sentiu seu estômago revirar. Tarde demais, ela se lembrou da regra da arena. *Não mostre seus segredos. Não deixe que saibam que você se importa.* Bem, ela acabou de demonstrar seus sentimentos para Kuhl e todo mundo.

De repente, ela sentiu o adesivo queimar na área das algemas, e elas se soltaram. Toda a raiva e medo que sentia por Rory, Thorin, por si mesma e os demais se uniram dentro dela. Agarrou a corrente e pulou em Kuhl. Passou o metal em volta do pescoço dele e o puxou, sufocando-o.

O imperador Vorn resmungou e lutou. Regan continuou puxando com toda a força que tinha, sentindo os músculos tensos.

De repente, Kuhl balançou os braços e a golpeou com violência. O golpe fez sua cabeça girar. A corrente deslizou por suas mãos e ela caiu no chão.

Kuhl pairou sobre ela. Ele a agarrou pelo pescoço e a puxou para cima até que ela sentiu os músculos queimarem com a tensão.

— Uma pequena torção e posso quebrar seu pescoço.

Ela viu Rory de joelhos por perto, observando, o medo e a determinação cobrindo seu rosto. Ela estava se agachando, se preparando para atacar.

— Já chega, gladiador. — Kuhl a arrastou e viu Thorin se aproximar deles.

Thorin fez uma pausa, sentindo o ar entrar e sair de seus pulmões. Ele deu outro passo na direção deles, mas Kuhl empurrou um pouco mais a cabeça dela. Regan gritou.

— Não — ele alertou. — Mais um passo e eu quebro esse pescoço adorável.

THORIN TENTOU ACALMAR sua raiva e fúria. Enquanto estava lá, sentiu o cheiro forte do medo de Regan.

Kuhl morreria por isso.

O imperador balançou a cabeça.

— Um bruto como você não merece uma beleza como essa. — Ele estendeu a outra mão e acariciou os cabelos dourados de Regan.

— Você não sabe nada sobre a beleza dela — Thorin grunhiu. Kuhl não sabia nada sobre sua inteligência, suas curvas doces, sua dedicação às amigas. O Vorn só via algo belo para a sua coleção.

— Suas mãos grandes e ásperas não devem tocar essa pele macia — Kuhl falou.

As palavras atingiram Thorin e fizeram sua pele se arrepiar. Ele flexionou as mãos na arma.

— Ela é doce e delicada — Kuhl continuou. — Você não pode dar o que ela precisa.

Regan empurrou contra o aperto do homem. Ele a sacudiu, sem tirá-la do terrível ângulo em que estava segurando a sua cabeça.

Thorin rangeu os dentes, lutando contra o desejo de

avançar e atacar o homem. Ele tinha que pensar. Atrás de si, podia sentir o cheiro de mais guardas rastejando para cercá-lo. Era tudo um truque de Kuhl para deixar sua equipe se posicionar.

— Você não tem ideia do que ela precisa — Thorin falou.

Kuhl acariciou a bochecha de Regan.

— E você tem? Um assassino grande e cruel?

Thorin ficou calado.

— Ela precisa de cuidados. E amor. — O imperador sorriu para Thorin, depois se inclinou e lambeu a bochecha de Regan.

Ela se encolheu, mas manteve o olhar firme em Thorin.

— Ele te disse que te ama, doce menina da Terra? — Kuhl perguntou.

Os lábios dela tremeram.

— Não.

— E você sabe sobre todas as mulheres com quem ele trepa logo depois de cada luta? Às vezes contra a parede dos túneis.

Os olhos dela brilharam.

— Sim.

— E ainda assim, você o ama?

O corpo de Thorin estremeceu. Ela o amava?

O olhar dela tocou o dele.

— Sim.

Algo dentro do seu peito se libertou. Regan o amava. Ele se forçou a não reagir a essa notícia surpreendente. Se demonstrasse algo, Kuhl não hesitaria em usar contra ele. Contra Regan.

— E então, gladiador? Você a ama?

— Está bancando o casamenteiro, Kuhl? — Thorin questionou.

— Provando uma teoria. Me responda ou ouvirá os ossos dela se quebrarem.

Drak. Thorin não podia admitir o que sentia. Caramba, ele não sabia nada de amor e não tinha certeza do que era essa mistura quente de emoções dentro de si. Tudo o que sabia era que agora ele tinha que fazer o que era necessário para salvá-la.

— Não — respondeu.

— Não, o que, gladiador?

Filho da mãe.

— Não, eu não a amo.

Viu Regan se encolher. Ele queria rugir. Queria socar a cara de Kuhl.

O imperador parecia orgulhoso e levantou a mão.

Os guardas das sombras avançaram em um grande grupo.

Thorin sabia que havia muitos. Mesmo quando se virou e lutou com eles, sabia que seria dominado. Ainda assim, ele lutou, balançando sua arma roubada. Ossos estalaram, guardas gemeram e alguns gritaram de dor.

A imagem do rosto magoado de Regan o abasteceu. Ele lutou até ficar coberto de sangue e as mãos escorregadias na arma.

Até que alguém passou correndo por ele e bateu em um guarda. A luz cintilou em uma espada.

Raiden, Galen e Kace se juntaram à luta. Com um grito de guerra, Thorin se virou e lutou ao lado do melhor amigo. Por um segundo, ele teve certeza de que iriam ganhar.

— Mate-os! — Kuhl gritou. — Eu os quero mortos.

Thorin ouviu um apito baixo e viu mais guardas chegando, junto com vários animais perigosos que estavam saindo da vegetação. Ele viu um cão gigante avançar. Estava babando.

Havia muitos.

O peito de Thorin se contraiu. Ele olhou para Regan, ainda presa nas mãos de Kuhl.

Um espasmo atingiu Thorin, algo dentro dele pressionou seu peito. Ele era a única pessoa que poderia salvar Regan agora.

E para fazer isso, teria que soltar seu lado sombrio.

Regan podia pensar que o amava – mas depois que ela visse o que realmente havia dentro dele, o que as pessoas realmente temiam, ela mudaria de ideia.

Mas ele arriscaria isso para salvar sua mulher.

Thorin soltou um rugido. Todo o pensamento consciente desapareceu e ele sentiu uma onda sobre sua pele. Seus músculos se libertaram, rasgando a camisa, e as escamas escuras cobriram cada centímetro da sua pele.

Seu próximo rugido soou mais gutural e seus sentidos explodiram para o exterior.

Ele largou a arma e ergueu as mãos com garras. Farejou, sentindo o cheiro dos amigos e dos inimigos. E outra fragrância mais delicada.

Companheira. Proteja a sua companheira.

Ele atacou seus oponentes.

REGAN VIU THORIN... se transformar.

Ele ainda estava de pé, mas as escamas escuras cobriam todo o seu corpo agora, uma cauda longa o mantinha equilibrado e asas escuras e semelhantes a couro haviam saltado de suas costas. Ele atacou os guardas dos Vorn com garras gigantes, se movendo mais rápido do que jamais havia visto alguém se mover antes.

Ele parecia... um dragão humanoide.

Corpos voaram pelo ar e gritos ecoaram ao redor deles.

Raiden, Galen e Kace se afastaram, assistindo Thorin com muita intensidade. Todos mantiveram suas armas.

Era isso que Thorin havia insinuado. Este era o demônio que ele mantinha escondido.

Era disso que ele tinha tanto medo.

— Regan? — Rory sussurrou.

Sua prima se aproximou e Regan percebeu que suas mãos estavam livres. Regan tentou não olhar para baixo e deixar Kuhl – que estava olhando para Thorin em um estupor chocado – perceber que Rory estava perto. Ela piscou para a prima.

Rory gesticulou para Kuhl. Regan considerou. Juntas, as duas podiam ter a chance de derrubar o imperador. Kuhl estava assistindo a luta, de queixo caído e algo cintilava em seus olhos.

Ele não estava nervoso. Não, ela viu o mesmo desejo que tinha visto quando ele a olhou na festa.

Ele estava imaginando Thorin enjaulado. Um animal selvagem e exótico para o prazer visual de Kuhl.

De jeito nenhum. Thorin não a amava. Seu rosto inexpressivo quando Kuhl forçou sua confissão quase a matou. Mas e daí? Ninguém nunca a amou. Ela ainda o amava e não deixaria que ele fosse capturado ou morto.

Ela encarou Rory novamente e sua prima assentiu.

Quando Rory se levantou, Regan se virou. Juntas, elas atacaram o homem. Quando os dois corpos o atingiram, ele recuou.

Mas Kuhl recuperou o equilíbrio rapidamente e não caiu. Ele tropeçou, oscilando na direção delas. Rory deu um salto e caiu de costas. Ela puxou os braços dele para trás. Regan o chutou, atingindo-o na coxa. Rory e Kuhl caíram em um emaranhado de braços e pernas.

Regan respirou fundo e viu Rory lutar com o homem maior, prendendo-o e girando o braço dele para trás em um ângulo nada natural. Ela sabia que sua prima tinha treinamento em artes marciais mistas mas, dessa vez, não estava cumprindo nenhuma regra. O rosto de Kuhl mostrou choque com a ferocidade da luta de Rory.

Regan virou a cabeça e viu a fila de armas alinhadas atrás do trono feio de Kuhl. Ela correu, mantendo o olhar fixo em uma adaga de joias.

Ela a pegou do suporte.

De repente, Kuhl soltou um grito de raiva. Um som horrível soou e Regan estremeceu. Ela se virou e viu Rory caindo com um grito.

Regan saltou com a adaga. Kuhl a bloqueou, batendo o braço contra o seu. A dor lhe atingiu.

Ele balançou novamente e ela girou, evitando o golpe. Lembrou-se dos poucos movimentos que Thorin lhe ensinara e esfaqueou Kuhl.

Ele se esquivou.

— Você não pode me vencer, coisinha.

Ela estava muito cansada de todo mundo chamá-la de pequena. Então saltou e o esfaqueou novamente.

Ele gritou, e Regan ofegou ao ver o sangue espirrar nela.

Em seguida, enfiou a adaga no olho dele.

Kuhl cambaleou, pressionando uma mão contra o olho que sangrava. Ele caiu de joelhos, ainda gritando. Então se curvou em uma bola.

— Vocês duas estão bem?

Regan olhou para cima, levantando as mãos para se proteger.

Galen a observou com firmeza, erguendo as mãos. Ele estava segurando uma espada.

Os ombros dela relaxaram.

— Estamos bem. — Ela foi até Rory, passando o braço em volta dos ombros da prima. — Estamos bem.

Galen se ajoelhou e apontou para as correntes, ainda presas ao pescoço delas. Ele levou apenas alguns segundos para tirá-las.

Regan deu um suspiro de alívio.

Rory se inclinou para ela. Seu rosto estava ficando roxo por causa do golpe de Kuhl.

— Estamos bem, mas não tenho certeza se ele está. — Ela fez um gesto com a cabeça.

Todos eles se viraram.

Os músculos de Regan travaram. *Thorin.*

Ele estava parado em meio a uma pilha de corpos que sangravam e gemiam. Estava coberto de sangue, e o ar assobiava ao entrar e sair de seus pulmões.

Kace e Raiden estavam por perto. Os dois tinham perdido suas camisas e pareciam muito machucados.

Raiden tinha arranhões no peito e um dos olhos de Kace estava inchado. Mas eles estavam de pé, tensos e prontos, olhando para Thorin.

O queixo de Thorin estava pressionado no peito e suas mãos se fecharam em punhos gigantes, fazendo os músculos dos braços flexionarem.

No momento seguinte, o rabo e as asas sumiram, embora as escamas ainda estivessem visíveis. Mas Regan podia dizer que estavam desaparecendo lentamente.

E todos estavam parados ali, olhando como se ele fosse algum animal selvagem com o qual deviam ter cuidado.

Com medo dele, assim como a família covarde que o largou aqui.

Não. Regan deu um passo à frente.

Rory agarrou seu braço.

— Está tudo bem — ela disse à prima.

Rory não parecia convencida, mas soltou o braço de Regan. Ela caminhou em direção a Thorin. Ele podia parecer diferente, mas ainda era Thorin. O seu Thorin.

Ele negou essa parte de si mesmo por muito tempo. Escondeu-a porque sabia que era perigosa e assustava as pessoas. Ela se recusava a ter medo dele.

Regan se aproximou. Ele não a amava, mas sentia algo. Ele se importava à sua maneira. E apesar de tudo, ela o amava. Por inteiro.

Parou na frente dele.

Ele levantou a cabeça e seu olhar queimou enquanto a olhava. De repente, ele estendeu o braço e a segurou, puxando-a contra o peito. Ele a levantou do chão e seus pés balançaram.

Ela ouviu os outros suspirarem.

Thorin aconchegou o rosto em seu pescoço, sentindo o seu cheiro.

Ele acariciou seus cabelos úmidos.

— Estou aqui Thorin. Estou aqui.

COM O DOCE aroma de Regan enchendo suas narinas, Thorin lentamente se acalmou. A fera que vivia dentro dele estava voltando a dormir. *Regan. A sua companheira.* A sua Regan.

Ela se afastou e o encarou.

— Você está bem?

Ele assentiu.

— Você... viu. — Sua voz falhou.

— Você foi notável. — Ela passou a mão pelo seu braço, sobre a última das escamas esmaecidas. — Quero saber tudo sobre isso. Como a mudança acontece. Como você se sente. Talvez eu possa colher uma amostra do seu sangue e tecido, e observar suas células no equipamento que Galen arranjou para mim.

Ela o encheu de perguntas. Claro, sua pequena cientista estava curiosa.

— Você não está com medo?

Ela piscou.

— De você? Por que eu estaria?

Um nó apertado dentro dele se desfez. Ele estendeu a mão e tocou sua bochecha.

E foi quando ele viu os olhos dela esfriarem. Ela se

afastou, se balançando para que ele a soltasse. Com relutância, ele a soltou.

— Obrigada por vir me resgatar — ela disse.

Ele inclinou a cabeça. Sua voz era educada e fria.

De repente, um grito ecoou ao redor deles. Eles giraram e Thorin viu Kuhl de pé, horrível. Ele tinha arrancado a adaga do olho e estava com um braço ao redor de Rory. Ele a estava arrastando para longe do trono e para as sombras.

Thorin avançou e seus amigos se aproximaram ao seu lado. Kuhl puxou Rory através de um portão e desapareceu.

— Rory! — Regan gritou.

— Vamos pegá-la — Raiden falou.

Todos eles seguiram em frente. Passando pelo portão, entraram em um jardim coberto de flores. A bioluminescência era mais intensa ali e a grama espessa e verde batia no joelho deles.

Eles ouviram um grito e o seguiram. Thorin puxou Regan para mais perto dele.

Quando ele deu outro passo, algo se moveu para a esquerda. Os gladiadores fizeram uma pausa.

Algo que parecia cobras saiu da escuridão.

— Videiras! — Regan gritou.

— Thorin. — Raiden jogou uma espada para o amigo.

Juntos, eles brandiram suas armas, cortando a vegetação rapidamente. Mas tão rápido quanto as cortavam, mais cresciam como cobras gigantes e possuídas.

Uma videira envolveu o corpo de Galen, derrubando-o. Ele xingou e a cortou com a espada.

— Continuem! — o imperador gritou para eles.

Com os rostos sombrios, eles obedeceram, avançando. Um denso grupo de árvores bloqueou o caminho. Raiden foi primeiro, levantando a espada.

Todas as árvores se curvaram, atacando-o, o sussurro das folhas soando como vozes demoníacas. Um dos galhos envolveu Raiden e o levantou, sacudindo-o. Thorin correu para frente com um grito e agarrou o tornozelo de Raiden.

— Encontre a Rory — Raiden falou. Ele balançou a espada na árvore, lutando para se soltar.

Drak. Thorin viu Regan observá-lo com os olhos arregalados. Ele olhou para Kace, e o outro homem assentiu. Os dois pressionaram Regan entre eles. Ele queria que ela voltasse, mas também não a queria fora de vista. Quem sabia o que mais Kuhl tinha nessa casa de horrores?

Um cheiro horrível atingiu os sentidos de Thorin. À frente havia uma parede com lindas flores cor de rosa.

Quando Kace avançou para cortá-las, Thorin agarrou seu braço.

— Pare. — Ele fungou novamente.

— O que há de errado? — Kace questionou.

— Elas cheiram mal.

— Não sinto cheiro de nada.

Regan se inclinou para mais perto, observando as flores.

— Flores brilhantes e com grãos rosa agrupados na base. — Ela fez uma careta. — Tudo projetado para te atrair para tocá-las. — Ela olhou para cima. — Acho que podem ser venenosas.

Um segundo depois que ela falou, as flores mais

próximas se abriram, desenrolando como um presente. Elas deixaram escapar uma pequena névoa.

Thorin puxou Regan para trás.

— Não inspirem isso — ela alertou.

Kace acenou com a cabeça para a direita.

— Veja. Tem um caminho que leva a essa direção.

Os três se moveram com cautela em direção a curva suave. À frente, eles puderam ver que o caminho era ladeado por grandes plantas com enormes flores amarelas brilhantes em forma de sino. Eram tão altas quanto Kace e Thorin.

Quando eles passaram, uma flor se moveu.

Thorin fez uma pausa e levantou a espada.

Outra flor se moveu, ficando maior.

Em seguida, ela atacou, como uma cobra impressionante, envolvendo Regan.

— Regan! — Thorin gritou.

Ela lutou e as pétalas lisas a envolveram com mais firmeza. Thorin cortou a planta, rasgando as pétalas.

A flor amarela era dura e fibrosa. Ele não conseguiu abri-la.

— Espere, Regan.

Ela estava girando e empurrando, com as mãos pressionadas contra a flor.

Em algum lugar à frente deles, um grito alto soou.

Drak.

— Kace, encontre a mulher. — Thorin sentiu suas escamas surgindo.

— Certo. Cuide da Regan.

Thorin não viu o amigo se afastar. Ele usou a espada e, com cuidado, abriu a flor. Em seguida agarrou as bordas irregulares e as rasgou. O rosto aterrorizado de Regan apareceu. O corpo dela ainda estava preso a flor.

— Calor. Tenho uma planta como essa no laboratório. — Ela franziu o nariz. — Uma versão menor. Ela não gosta de calor.

Thorin sacou a adaga. Pegou uma pedra do chão e raspou a lâmina contra ela. Uma faísca brilhou na escuridão. Ele fez de novo, segurando-a perto de uma pilha de folhas secas no chão. As folhas pegaram fogo e ele deu um passo para trás.

As plantas começaram a tremer e soltaram um grito agudo.

A flor soltou Regan, se encolhendo, e a cientista cambaleou na direção de Thorin. Ele a pegou, puxando-a para um abraço.

Thorin olhou para cima bem a tempo de ver a planta atacá-los novamente. Uma flor em forma de sino correu na direção deles. Suas pétalas se abriram e ele pôde ver uma boca afiada, com uma espécie de bico dentro.

Cerrando os dentes, ele se virou, protegendo Regan com seu corpo. Ele sentiu uma pontada aguda quando algo bateu em seu ombro.

Regan murmurou um xingamento que ele não reconheceu, pegou a faca da sua mão, se inclinou e alcançou suas costas, esfaqueando a flor enquanto pontuava suas palavras com golpes afiados da adaga.

— Eu tive um dia de merda. — Facada. Facada. — Eu não preciso... — facada, facada — de uma planta gigante me comendo!

Com outro grito, a planta se afastou.

— Obrigado. — Ele olhou por cima do ombro, para o

local onde a flor o havia mordido e fez uma careta para o que parecia ser uma grande marca de dentes ensanguentada em sua pele.

Mas não podia se preocupar com isso agora. Ele deu um beijo rápido nos lábios de Regan.

— Vamos encontrar sua prima.

CAPÍTULO QUINZE

Kace olhou para a vegetação densa. Como sempre, não demonstrou nenhuma reação.

Um perfeito comandante militar de Antarian nunca demonstrava seus verdadeiros sentimentos. Regra número 4 do Código de Conduta Militar de Antar.

Apertou um botão em seu bastão e as facas deslizaram nas duas extremidades. Levantou-o e começou a vasculhar a vegetação espessa.

Ele era de um mundo campestre. Odiava essa vida vegetal grossa e sufocante. Mas continuou e logo entrou em uma pequena clareira.

À frente, viu a mulher lutando com Kuhl, rolando pela grama alta. Ela era pequena, mas parecia forte e determinada.

Ela conseguiu virar o Vorn ferido, aterrissando em seu peito e prendendo-o no chão.

Ela era... incrível.

Um som farfalhante veio da grama à sua direita. Videiras disparavam das árvores próximas.

Não! Elas envolveram os pulsos da mulher, imobilizando-a. Ela lutou, tentando se libertar. Mas as trepadeiras a mantiveram presas por tempo suficiente para o Kuhl se levantar. Ele deu um soco forte no estômago dela e Rory gemeu.

Com a mandíbula tensionada, Kace correu para frente.

Kuhl deu outro soco, batendo com os nós dos dedos no rosto dela, jogando a cabeça da mulher para trás.

Kace sentiu a raiva atingi-lo. Em Antar, era considerado covardia atacar alguém mais fraco que você. Era desonroso espancar e abusar de outro ser vivo.

Ele correu, usando seu bastão para cortar as videiras que a seguravam. Ela olhou para cima, e ele viu os olhos verdes brilhantes com pontos dourados.

Antes que ele pudesse detê-la, ou mesmo dizer uma palavra, a mulher deu um salto, girou e deu um chute na barriga de Kace. Arrancou seu ar. Despreparado para o ataque inesperado, Kace ofegou, assim que seu segundo chute o colocou de joelhos.

Atordoado, ele observou enquanto ela seguiu adiante, dando um chute forte na cabeça de Kuhl.

— Isso é por ser um idiota de grau A. — Ela chutou o imperador novamente.

Kace se moveu e, como uma mulher selvagem, ela se virou para ele. Ela o atacou, derrubando Kace no chão.

— Ninguém vai me levar como prisioneira de novo. Entendeu?

Eles rolaram pela grama e finalmente terminaram com ela jogando-o de costas. Ela caiu em cima dele e lhe deu um soco. *Pelos Criadores*. Kace tentou desesperadamente segurá-la sem machucá-la.

Ela agarrou o braço dele, dobrando-o com tanta força que a dor o atingiu como uma lança. *Drak*, ela era cruel.

— Estou aqui para te ajudar — ele disse.

Ela hesitou, olhando nos olhos de Kace. Seu cabelo vermelho estava ao redor do rosto machucado. Ele odiava ver o que Kuhl havia feito com ela.

De repente, um movimento sobre o ombro dela chamou a sua atenção. Kuhl estava avançando sobre eles.

— Cuidado! — Kace alertou.

Ela saiu de cima dele, estendeu a mão e agarrou seu bastão, depois se levantou. Ela girou para enfrentar o homem que se aproximava.

Kuhl deu um soco nela.

Kace se levantou, pronto para intervir. Ela atacou desajeitada com o bastão de Kace e, de imediato, ele percebeu que ela não era treinada em lutas de equipe.

O Vorn agarrou a ponta do bastão e a faca embutida cortou sua mão, fazendo com que o sangue escorresse por seus dedos.

Cretino louco. Kace avançou devagar.

Rory e o imperador começaram um cabo de guerra com o bastão. Mas Rory não conseguiu se igualar a força do Vorn.

Quando Kuhl tomou posse do bastão e sorriu, Kace já havia aguentado o suficiente.

Enquanto o Vorn balançava a arma, Kace bloqueou o golpe do homem.

Com aquela raiva fria dirigindo-o, arrancou o bastão

do homem. Ele girou, recolhendo as facas e se virou para Kuhl.

Ele bateu no peito do homem, fazendo-o cambalear. Kace avançou, acertando golpes cruéis. Um no peito, um forte no braço, uma batida na lateral do corpo.

Kuhl soltou grunhidos de dor, oscilando loucamente, tentando revidar.

Kace deu um chute forte no estômago dele, depois bateu com o bastão na nuca do Vorn. Ele caiu como uma pedra e o sangue escorreu pelo rosto.

Ele olhou de volta para a mulher. Ela estava ali, olhando para ele com aquele olhar feroz em seus olhos verde-dourados. Os machucados não fizeram nada para diminuir sua ferocidade.

— E agora, bonitão? — ela perguntou.

Bonitão? Levantou uma sobrancelha. Apesar de tudo que foi feito com ela, essa mulher não era intimidada ou vencida. Ela tinha espírito.

Kace deu um passo atrás e estendeu o bastão para ela. Ela o observou atentamente.

— Pegue. Termine isso. Você ganhou esse direito.

As mãos dela se fecharam ao redor do metal que as mãos de Kace conheciam intimamente. Ele viu um arrepio atravessá-la, antes que ela se endireitasse.

Rory deu um passo à frente e bateu com força na cabeça de Kuhl, nocauteando-o. Ela ficou ali parada olhando para o imperador Vorn.

— Não vai matá-lo? — Kace perguntou.

Ela respirou trêmula e devolveu o bastão a ele.

— Não vou deixar que ele me transforme em algo que não sou. Eu não sou uma assassina.

Kace pegou a arma, girando-a debaixo do braço. Ela não tinha apenas espírito. Essas mulheres da Terra tinham espinha dorsal de aço.

— Eu sou Kace. Um amigo da Regan e da Harper.

Agora os lábios da ruiva tremiam.

— Eu sou a Rory e estou ansiosa para ver minha amiga e minha prima e sair daqui. Obrigada pelo resgate, Kace. — Ela olhou para o rosto dele e estremeceu. — Sinto muito, parece que eu te dei um olho roxo.

Os dois olhos dele latejavam e um já estava inchado.

— Combina com o outro. — Seu olhar se moveu sobre a fascinante mistura de manchas mais escuras no nariz dela. — Precisamos encontrar os outros. Todos foram pegos pela vegetação. Prometi a Regan que recuperaria você.

Ela envolveu a cintura, mostrando o primeiro sinal de vulnerabilidade.

Kace deu um passo atrás na direção em que tinha vindo.

— Kace?

Ele olhou para ela.

— Sim?

— Minha perna está quebrada.

Ele xingou. Correu de volta para ela. Ela lutou como um guerreiro todo esse tempo com a perna quebrada? Ele a pegou nos braços.

— Vocês, mulheres da Terra, são muito teimosas.

— E os gladiadores não são?

Ele seguiu pelo caminho, atravessando a vegetação que, surpreendentemente, agora os deixou passar sem interferência. Ela era uma trouxa pequena, quente e vital contra o seu peito. Seu olhar era direto e forte.

Kace sempre foi atraído pela força.

Ele desviou o olhar. Mulheres não estavam na sua agenda. Ele estava em Carthago por um motivo e seu tempo aqui era limitado. Ele tinha deveres que exigiam sua lealdade e atenção.

Isso não incluía uma pequena ruiva da Terra.

De repente, Regan e Thorin saíram dos arbustos à frente.

— Rory! — Regan chamou.

As mãos de Kace a apertaram brevemente, então ele entregou Rory a prima e a Thorin. Ela tinha pessoas para cuidar dela. Não era responsabilidade sua. Ele havia tido o suficiente disso.

DEPOIS DE TOMAR banho e se trocar, Regan foi até o departamento médico para verificar Rory, o tempo todo tentando intensamente não pensar em Thorin.

Ele exigiu que conversassem quando retornassem à Casa de Galen, mas, bancando a frágil, ela o impediu, dizendo que precisava tomar um banho e descansar.

Não suportaria ouvi-lo explicar todos os motivos pelos quais ele não a amava.

Assim que alcançou as portas do departamento médico, Kace saiu da sala.

— Como ela está? — Regan perguntou.

— Curada — o gladiador falou, com o seu rosto agora

intacto, inexpressível. Com um aceno de cabeça, ele se afastou.

Quando Regan entrou na sala grande e arejada, viu que Rory estava sendo ajudada por um dos curandeiros altos, esguios e sem gênero de Hermia.

Regan correu para a prima e ajudou a envolvê-la em um roupão.

— Como você está se sentindo?

— Muito bem, considerando tudo. — Os hematomas no rosto de Rory haviam sumido, deixando apenas as manchas naturais de sardas pelo nariz. Rory puxou Regan para um abraço. — Graças a você. Obrigada por me tirar de lá.

Regan abraçou a prima com força. Ela mal podia acreditar que Rory estava finalmente a salvo.

— Eu te amo.

Rory fez um barulho que soou muito com uma fungada. Sua prima durona nunca chorava.

— Eu também te amo. — Rory se afastou. — A Harper já me visitou. — Ela abriu um grande sorriso. — Ela vai me ensinar alguns movimentos de gladiadores. — Então o sorriso de Rory desapareceu. — Ela também me disse que não podemos ir para casa.

Regan segurou as mãos de Rory com força.

— Não, não podemos. Sei que vai levar algum tempo para aceitar e entender. Você está bem com isso?

— Na verdade, não. Você tem razão. Vou precisar de um tempo para digerir tudo. Minha família... — Rory respirou fundo.

Regan assentiu.

— Eu sei. Eu não era próxima da minha como você, mas ainda sinto falta deles.

— Deus, Regan... meus pais, meus irmãos. Eles ficarão arrasados. Parte meu coração que eles nunca saberão o que aconteceu. E sei que seus pais podem ser difíceis...

— Você os chama de sr. e sra. Idiota.

Rory fungou.

— Parece um pouco cruel agora. Mas eles são pessoas egoístas e julgadoras, Regan. Eles te trataram como uma merda, mas ainda acho que ficariam tristes.

Regan deu um sorriso triste.

— Não, não ficariam. Se sentiriam tristes por eu não ter me casado com o homem perfeito e ter tido os netos perfeitos. Tristes por eu não ter desistido da minha carreira boba. Mas triste por eu ter partido? Acho que eles teriam ficado aliviados.

Rory segurou os ombros de Regan.

— A perda é deles, Regan. — Um sorriso atrevido cruzou o rosto dela. — Tenho que admitir, eu gostaria de vê-los colocar os olhos no seu grande gladiador.

Imaginar seus pais acolhendo Thorin fez Regan cair na gargalhada. Então uma dor cortante atravessou seu peito. Ela engoliu em seco.

— Ele não é meu. Ele... ele não me ama. Só estávamos nos divertindo. Acho que sou só uma diversão interessante para ele por um tempo.

Rory parou de amarrar o roupão com força.

— Ainda não conheço todo mundo aqui, e apenas entre você e eu, estou evitando o assustador do Galen o máximo que posso. Mas, pelo que vi, Thorin lutou por você. Ele literalmente se transformou em uma fera para te proteger.

— Ele é um bom homem, mas não posso fazê-lo me amar. Cansei de tentar fazer as pessoas me amarem, Rory.

Rory franziu a testa.

— Não sei. Vi o jeito que ele olhou para você...

De repente, a porta se abriu e Raiden entrou correndo.

— Curandeiros, precisamos de vocês. Agora.

Regan pulou, observando os curandeiros Hermia reunirem seus equipamentos.

— O que há de errado?

Raiden se virou, com o rosto sério.

— É o Thorin.

O coração de Regan disparou.

— O que há de errado com ele?

— Não temos certeza. Ele está doente.

Enquanto os curandeiros corriam com Raiden, Regan e Rory corriam atrás deles.

Quando chegaram ao quarto de Thorin, ela o viu deitado na cama, de lado, imóvel. Seu peito estava nu e os lençóis eram um emaranhado de suor em volta da parte inferior do corpo.

Seu ombro estava vermelho e inchado onde a planta o havia mordido.

Os curandeiros se ajoelharam na cama e começaram a trabalhar. Regan se aproximou, circulando pelo outro lado. De repente, Thorin começou a se virar, com o suor escorrendo pelo rosto.

Raiden abraçou Harper, os dois observando Thorin com preocupação.

Que merda.

— Thorin. — Regan subiu na cama. Tocou a testa dele. Deus, ele estava tão quente. Quente demais.

— Aqui. — Um dos curandeiros lhe entregou um pano.

Ela assentiu e começou a passar o pano pelo rosto dele. Ele se virou para ela, com os olhos vidrados, como se não reconhecesse ninguém.

Regan olhou para a terrível ferida.

— Está infeccionada.

Um dos curandeiros Hermia já estava em pé ao lado da cama, examinando o corpo de Thorin com um pequeno dispositivo portátil. O curandeiro franziu o cenho.

— Não. É veneno.

Xingamentos baixos ecoaram pela sala.

— Mas você pode tirar isso dele, certo? — Raiden perguntou.

O Hermia franziu o cenho para a tela.

— Não tenho certeza. Este veneno foi geneticamente aprimorado. — O curandeiro olhou para eles. — Não tenho tratamento.

— E o tanque de regeneração? — Regan perguntou.

— Não vai ajudar. A menos que possamos encontrar um antídoto para esse veneno em particular, não podemos ajudá-lo.

Regan apertou o braço dele.

— Não.

— Regan? — A palavra era um grunhido duro.

— Thorin. — Ela colocou a mão na bochecha dele. Sua pele estava pegando fogo.

Galen entrou, olhando para Thorin.

— O que está acontecendo?

— Veneno — Raiden respondeu. — Sem cura.

— *Drakking* Vorn — Galen xingou. Ele se virou para os curandeiros. — Quero vocês na área médica agora. Quero que a equipe trabalhe para encontrar um antídoto para isso. — Com acenos de cabeça, os curandeiros saíram do quarto.

— Dói — Thorin falou. — Com sede.

Regan alcançou a mesa de cabeceira e pegou um copo de água. Ela o levou aos lábios dele para que Thorin pudesse tomar um gole.

— Você foi envenenado. A picada da planta injetou uma toxina em você. — Ela largou a bebida, afastando os cabelos úmidos do rosto. — Você se machucou me protegendo.

— Eu sempre... vou proteger você. Até eu parar de respirar.

Regan estava tão concentrada nele que estava vagamente consciente dos curandeiros que saíam da sala.

— Sei que você não me ama, Thorin, mas isso não muda o fato de eu te amar. Não posso te perder, você precisa lutar contra isso. Eu amo cada pedacinho seu.

Os olhos dele pareceram clarear um pouco, olhando-a diretamente nos olhos.

— Você me ama?

— Sim.

— Mesmo depois que você viu meu interior...

— Cada pedacinho.

— Regan. — A mão dele a alcançou. — Eu disse ao Kuhl que não te amava, assim ele não usaria isso contra você.

Ela ficou quieta.

— Não tenho muita certeza do que é o amor. Eu realmente nunca experimentei, pelo menos, não enquanto adulto. Às vezes me pergunto se minha família já me amou ou se eu sempre fui só uma abominação útil para eles.

— Você *não* é uma abominação.

Um leve sorriso surgiu em seus lábios.

— Regan, tudo o que tenho dentro de mim, é para você. Eu te amo tanto que me assusta.

Ela sentiu as lágrimas se formarem em seus olhos. Se inclinou e pressionou os lábios nos dele.

— Ah, Thorin.

— Eu nunca disse essas palavras para ninguém — ele sussurrou. — E... meu outro lado considera você sua companheira. Sua companheira para a vida toda.

Companheira? A ideia era surpreendente. Ninguém nunca a quis tanto a ponto de reivindicá-la por toda a vida.

De repente, ele gemeu. Ela se afastou e viu a dor atravessar seu rosto. Seus músculos travaram, e ele se debateu na cama.

Droga, ela tinha que fazer algo para ajudá-lo.

— Aguente firme, Thorin. — Ela pulou da cama e abriu a porta. — Raiden, por favor, fique com ele. Harper, preciso de coisas do meu laboratório. Agora!

Ela não ia deixar seu gladiador morrer.

ELE ESTAVA SOFRENDO. Tudo doía.

Thorin abriu os olhos e percebeu que o quarto estava embaçado. Tudo estava coberto por uma névoa. Ele olhou e notou Regan debruçada sobre uma mesa empurrada para perto da cama. Regan. Toda sua. A sua companheira.

Ele viu linhas de expressão em sua boca, e ela estava concentrada em misturar coisas em vários copos na mesa. Ela se virou, tocando em uma tela brilhante.

Thorin tentou dizer algo, mas não conseguiu mexer os lábios. Então, ele se afastou, flutuando na escuridão da dor.

Quando ele voltou a si, Regan estava forçando algo em sua garganta. Algo com o cheiro e gosto ruim.

— Vamos lá, Thorin — ela murmurou. Ela se moveu, e ele a sentiu pressionar algo frio em seu ombro ardente e latejante.

— Você vai me matar com esse cheiro — ele conseguiu ofegar.

— Thorin! — Ele sentiu um beijo rápido em sua bochecha. — Isto vai doer. Muito. Sinto muito. Precisamos tirar a toxina do seu corpo. Esta é a quarta versão que eu tento. — Ela pressionou a cabeça no peito dele. — Não me deixe. — As palavras soaram irregulares. — Preciso de você.

Ninguém nunca precisou dele antes. Como arma, sim. Como lutador, definitivamente. Mas não apenas ele – Thorin – o homem.

Sentiu o fogo atingi-lo. Começou em seu ombro e

correu por seu corpo. Ouviu Regan murmurar, mas não conseguiu entender suas palavras. Virou a cabeça e avistou Raiden e Kace segurando-o na cama.

Enquanto a dor aumentava, Thorin soltou um rugido. Ele viu o rosto de Regan e as lágrimas escorrendo por suas bochechas.

Então a escuridão o levou novamente.

Finalmente, ele voltou a si. Estava claro, a luz da manhã brilhava pela janela.

Ele se mexeu um pouco, esperando que a dor o atingisse. Mas não sentiu nada. Estava bem. Exausto, mas não sentia mais aquela agonia ardente.

Olhou para o ombro e viu um leve círculo vermelho, mas fora isso, não havia sinal da marca da mordida.

Então ele notou o leve peso pressionado ao seu lado. Olhou para baixo e viu Regan enrolada em uma bola, exausta ao seu lado. Com o amor enchendo seu peito, ele se inclinou e passou os dedos pelos cabelos dela.

— Ela tentou ficar acordada, mas perdeu a batalha há algumas horas.

A voz feminina fez Thorin virar a cabeça com curiosidade. Rory estava sentada em uma cadeira ao lado da cama. Ela estendeu a mão e ofereceu uma bebida a ele.

Ele assentiu e tomou um gole com cuidado.

— Você parece melhor.

Ela sorriu.

— Essa deveria ser a minha fala.

— Não estou me referindo aos hematomas.

Ela deu de ombros.

— Não vou deixar que os thraxianos ou os Vorn tenham a satisfação de me derrubar. — Os lábios dela se firmaram. — Perdi meu planeta, minha família, minha vida... não vou me perder também.

Então ela olhou para Regan.

— Eu me considero sortuda. Tenho a Regan e a Harper, e elas me dizem que todas as pessoas aqui da Casa de Galen não são tão ruins.

— Você tem a todos nós, Rory. Não apenas a Harper e a Regan — Thorin acrescentou baixinho.

Ela abriu um sorriso rápido.

— As duas me disseram que este é um bom lugar para recomeçar.

Thorin assentiu, sentindo-se cansado.

— Ela trabalhou até encontrar uma maneira de extrair a toxina do seu corpo — Rory falou. — Ela não desistiu de você. Não conheço todos os detalhes científicos, mas ela trabalhou com os curandeiros e usou coisas de todas as plantas do laboratório até ter certeza de que poderia salvá-lo.

Ele acariciou os cabelos de Regan.

— Ela te ama — Rory disse.

— Eu sei. — Ele sentiu admiração por isso.

Rory suspirou.

— Estava com esse grande discurso de prima superprotetora preparado. Estava planejando lhe dizer que você precisava acordar e dizer a ela que a ama. Mas basta olhar para o seu rosto e acho que você sabe disso. Acho que você irá cuidar dela.

— A cada minuto de cada dia — ele disse. — Ela é o meu coração.

Rory sorriu.

— Isso serve.

— Thorin? — A voz sonolenta de Regan soou.

Com uma piscada, Rory se levantou e saiu do quarto.

Thorin olhou para a mulher em seus braços. Ela estendeu a mão e tocou seu ombro.

— Parece estar bem melhor. Graças a Deus.

— Graças a você. Você me salvou.

Ela estendeu a mão e segurou suas bochechas.

— Foram meus poderes mágicos de botânica, na verdade, mas realmente, acho que nos salvamos.

— Eu amo essa sua cabeça inteligente.

Ela sorriu.

— Ah, e o que mais?

— Sua gentileza feroz e seu lado sexy.

O olhar dela acariciou o rosto dele.

— Você me ama, não é?

Como ela poderia duvidar disso? Ele xingou mentalmente as pessoas que a fizeram se sentir assim.

— Vou passar todos os dias provando meu amor por você. — Ele se moveu, girando-a para baixo dele na cama. Moveu os quadris, acariciando-a com seu pau endurecido.

Ela balançou a cabeça.

— Você deveria ficar na cama...

— Eu estou na cama.

— Descansando — ela falou, com paciência exagerada. — O Hermia lhe deu alguns suplementos para ajudar a reabastecer sua energia, mas você ainda precisa descansar.

Ele se moveu contra ela.

— Acho que podemos dizer com segurança que estou me sentindo melhor. — Ele beijou a lateral do pescoço dela, amando quando ela se contorceu contra ele. — Se você estiver por perto, fico excitado. Te amo, minha doce garota da Terra. Minha companheira.

— Também te amo, meu grande gladiador. Me abrace e não solte nunca mais.

— Nunca. — Era uma promessa gravada em seu coração.

ESPERO que tenham gostado da história de Regan e Thorin!

A série Gladiadores Galácticos continuará em **Herói**, com a história de Kace e Rory.

Não perca! Para mais romances cheios de ação em inglês, confira minhas outras séries. Para atualizações sobre novos lançamentos, livros gratuitos e outras coisas divertidas, se inscreva na minha lista VIP de discussão e ganhe seu box gratuito (em inglês) contendo três romances cheios de ação.

Visite aqui para começar: www.annahackett.com

Would you like
a FREE BOX SET
of my books?

GLOSSÁRIO

Planetas e espécies

Planeta: Aurelia
Espécie: aureliano(a)s

ESPÉCIE: thraxianos

PLANETA: Carthago
Capital: Kor Magna
Espécie: Cartagoes

ESPÉCIE: Canelliano(a)

PLANETA: Taurea
Espécie: Taureano(a)

. . .

ESPÉCIE: Frystaniano (a)

PLANETA: Parinthia
Espécie: parinthiano(a)

ESPÉCIE: Hermiano

ESPÉCIE: Neezano

SISTEMA DAGON: área fictícia do espaço

CASAS DOS GLADIADORES
Casa de Galen
Casa de Thrax
Casa de Zhan-Shi
Casa de Rone

ANIMAIS FICTÍCIOS
Achna
Dracos
Raksha
Gallu
Yeth
Gorgo
Agama

Corra
Tarnid
Nama

OUTRAS PALAVRAS

Drak - palavrão fictício
Ixsander - lugar fictício
Jaack - um jogo fictício
Tarion – um tipo de arma / escudo
Phena - flor / afrodisíaca
Liven – tipo de nozes

OUTRAS OBRAS

Livros em português

Gladiadores Galácticos

Gladiador

Guerreiro

Herói

Livros em inglês

Norcross Security

The Investigator

The Troubleshooter

The Specialist

The Bodyguard

Billionaire Heists

Stealing from Mr. Rich

Blackmailing Mr. Bossman

Team 52

Mission: Her Protection

Mission: Her Rescue

Mission: Her Security

Mission: Her Defense

Mission: Her Safety

Mission: Her Freedom

Mission: Her Shield

Mission: Her Justice

Also Available as Audiobooks!

Treasure Hunter Security

Undiscovered

Uncharted

Unexplored

Unfathomed

Untraveled

Unmapped

Unidentified

Undetected

Also Available as Audiobooks!

Eon Warriors

Edge of Eon

Touch of Eon

Heart of Eon

Kiss of Eon

Mark of Eon

Claim of Eon

Storm of Eon

Soul of Eon

Also Available as Audiobooks!

Galactic Gladiators: House of Rone

Sentinel

Defender

Centurion

Paladin

Guard

Weapons Master

Also Available as Audiobooks!

Galactic Gladiators

Gladiator

Warrior

Hero

Protector

Champion

Barbarian

Beast

Rogue

Guardian

Cyborg

Imperator

Hunter

Also Available as Audiobooks!

Hell Squad

Marcus

Cruz

Gabe

Reed

Roth

Noah

Shaw

Holmes

Niko

Finn

Devlin

Theron

Hemi

Ash

Levi

Manu

Griff

Dom

Survivors

Tane

Also Available as Audiobooks!

The Anomaly Series

Time Thief

Mind Raider

Soul Stealer

Salvation

Anomaly Series Box Set

The Phoenix Adventures

Among Galactic Ruins

At Star's End

In the Devil's Nebula

On a Rogue Planet

Beneath a Trojan Moon

Beyond Galaxy's Edge

On a Cyborg Planet

Return to Dark Earth

On a Barbarian World

Lost in Barbarian Space

Through Uncharted Space

Crashed on an Ice World

Perma Series

Winter Fusion

A Galactic Holiday

Warriors of the Wind

Tempest

Storm & Seduction

Fury & Darkness

Standalone Titles

Savage Dragon

Hunter's Surrender

One Night with the Wolf

For more information visit www.annahackett.com

SOBRE A AUTOR

Sou autora bestseller do USA Today, apaixonada por romances contemporâneos e de ficção científica ***agitados e cheio de emoções***. Adoro escrever sobre pessoas superando probabilidades imbatíveis e alcançando objetivos aparentemente impossíveis. Gosto de acreditar que é possível que todos nós façamos o mesmo.

Moro na Austrália com meu mocinho da vida real e dois filhos jovens muito ocupados.

Para datas de lançamento, informações de bastidores, livros gratuitos e outras coisas divertidas, se inscreva para receber novidades aqui:

Site oficial: www.annahackett.com

www.ingramcontent.com/pod-product-compliance
Lightning Source LLC
Chambersburg PA
CBHW050041180626
46810CB00002B/838